百年中国记忆
系列丛书

总策划、主编
刘未鸣

副主编
唐柳成　张剑荆　段　敏

我们应当做好人

萧楚女散文选

萧楚女 著

百年中国记忆·先烈经典文丛

中国文史出版社

图书在版编目（CIP）数据

我们应当做好人：萧楚女散文选 / 萧楚女著 . -- 北京“中国文史出版社，2020.11
（百年中国记忆 . 先烈经典文丛）
ISBN 978-7-5205-2462-9

Ⅰ . ① 我… Ⅱ . ① 萧… Ⅲ . ① 散文集—中国—现代Ⅳ . ① I266

中国版本图书馆 CIP 数据核字（2020）第 211795 号

责任编辑：秦千里

出版发行：中国文史出版社
社　　址：北京市海淀区西八里庄路 69 号院　邮编：100142
电　　话：010-81136606　81136602　81136603（发行部）
传　　真：010-81136655
印　　装：北京朝阳印刷厂有限责任公司
经　　销：全国新华书店
开　　本：16 开
印　　张：12.5
字　　数：154 千字
版　　次：2021 年 1 月北京第 1 版
印　　次：2021 年 1 月第 1 次印刷
定　　价：38.00 元

编者说明

萧楚女（1891—1927），湖北汉阳人。无产阶级革命家、理论家。生于木材商人家庭，12 岁当学徒，13 岁起在汉口、镇江等长江沿岸城市当过杂工、报童。1911 年参加武昌起义，在战斗中一只耳朵被震聋。1912 年考入武昌新民实业学校学习农桑。1915 年，和朋友在武汉创办《崇德报》，任主笔。1917 年任《大汉报》主笔，五四运动前任《湖广新报》编辑。五四运动之后，开始接受马克思主义。1920 年到襄阳湖北省立第二师范学校任教。1920 年参加利群书社和共存社。1922 年夏加入中国共产党。同年，任《新报》主笔，常用笔名“楚女”发表文章。1922 年 8 月开始先后在四川泸州、重庆、万县等地任教，并兼任《新蜀报》主笔。1924 年 9 月 1 日，以特派员身份负责领导并整顿四川成都、泸州、重庆三地的中国社会主义青年团组织。1925 年 5 月，赴上海与恽代英共同主编《中国青年》。1926 年，到广州协助毛泽东编辑《政治周报》，并任广州农民运动讲习所唯一的专职教员。1926 年底，调任黄埔军校政治教官。1927 年 4 月 15 日被捕，4 月 22 日夜在广州南石头惩戒场监狱被处决。1927 年 6 月 25 日，《中国青年》发表文章悼念萧楚女：

“谁不知有个大麻子萧楚女，他是本刊的创始者之一，他是青年群众的明星，他是刻苦忠实的革命家！自从少年以至于死，他一直以革命为生命，一直在颠沛流离、贫困捕逃的情形之下。他的死，是革命青年失去了良师；他的死，是革命队伍丧亡了勇敢的战士；他的死，使我们更加透彻认识了敌人；他的死，在每个革命者的心上剜上伤痕！”

本书收编了1923年到1927年间萧楚女的部分代表性随笔和散论。随笔内容以人生修养和规划为主，散论则侧重他对文化和政治的看法，包括非常有名的《显微镜下之醒狮派》。萧楚女是《中国青年》的创始人之一，文章靠近现实，温暖贴心，因而拥有大量“粉丝”，堪称青年的良师益友，不少文章至今仍然值得重温学习。

目 录

随 笔

散　论

随　笔

诗的生活与方程式的生活

在人生前进的路上，有两种的生活方式。一种是回避现实，故意地走许多迂曲之路，闭起双眼，不看社会上一切罪恶——而另在想象中去构造些适意的幻象，以自娱悦。一种是逼视现实，不问现实是如何丑恶，一点儿也不畏怯，直从罪恶丛中通过——而猛勇奋斗，誓作一番澄清的工作，为人类开辟一条坦平大道，以度众生。前一种，是一般怯懦可耻的自私者底生活，后一种，是一般勇敢可敬的爱他者底生活。

过前一种生活的人，大都非常放纵，不自检束。他们是时时刻刻把自己底精神埋葬在一种神忽飘逸的景况里。今日有酒今日醉，我躬不阅，遑恤我后——好像有个无常鬼，拿了叫魂牌紧跟在后一样。他们底一切言行，在他们自己，方且自命为“名士”，为“艺术的艺术家”，为“风流才子”，为“高人逸士”……而在我们这些常态心理的客观者看来，只是“疯人”。刘伶，李白，唐寅，王尔德（Wilde）……就是他们底代表。他们这种怯懦的疯人生活，除了“浪漫”没有一点别的意义——和“诗”之成立于想象的构造之虚幻一样。

倘若人之一生是应该表现一点“人”的意义的，那么，何须说——自然这种诗的生活，是糟踏人生的了。然而人的意义之表现，究竟要怎么样呢，这，就莫过于诸葛亮所说的：“鞠躬尽瘁，死而后已”两句话恰当了！原来“人”之所以“生”，本来就是为了“死”；“生”

就是“死”底消费的过程。在这个过程上，如不能把“生”消费得有意义，那便是没有表现得人生底意义出来。那种效法于鸵鸟，只把头埋了以不看见猎者为安全的——诗的生活，在宇宙底生之消费之大流里，是没有一毫影响的。反之，凡是在宇宙生之大流里多少有些意义，在人间社会多少留下一点功业的，也就没有一个是过那种诗的生活的。孔席不暖，墨突不黔，哪一个古今中外的伟人，哲士，贤者，英雄，不是逼视现实，直从罪恶丛中通过的？哪一个不是把自身做成一支蜡烛，点起“为他”的爱之火，鞠躬尽瘁，死而后已地让他蜡尽成灰而完事？

然而青年们又须要知道：这种勇敢奋斗的生活，乃是要有相当的素养的——他并不能像诗的生活那样容易。倘若我们平素没有些坚忍，刚毅，耐劳，茹苦的锻炼，不能很严格地过一种极有条理，极有预算的自律生活——则我们便一定不能在临事时实行，在实行时持久，在持久中感着甜适，试看从前的墨翟是过的什么生活？试看现在的列宁又曾经过些什么修养？是严格的自律——论理的“人生方程式”的价值，便可以看见了！我们若要成为一个“人”，若要在我们底一生中表现些人的意义，我们是应当时时刻刻把我们底生活，带入那极艰苦的方程式里的！

现在的中国，正是用得着方程式来同一切罪恶算总账的时候了——我希望人们且少仿那象牙之塔的“诗”；而来演一演代数难题！

原载《中国青年》第11期，1923年12月29日

革命的信仰

我们眼前这般青年，在自己底内心生活上，大都没有什么信仰。我们不但不信仰什么，并且有时连自己底力量也还要否定了，我们常常问我们自己，我们所以如此的，并不是因为我们有什么科学的怀疑精神——不肯轻易相信什么。一切摆在我们意识阈门口的东西，我们实没曾预先审察过：到底这些值不值得信仰，或应不应该信仰。我们只是单纯地无条件的任什么都不信仰。这，实在是一种盲目的“否认狂”。我们生活上、一切烦恼、沉闷、悲哀、痛苦，都是发于这个根源。我们现在好比彷徨在大海里，茫无边沿的凶涛恶浪、不断地扑身而来，我们底“一生”只好清醒明白的让彼卷了去！

我们要晓得：一个人底内心没有信仰，就是那个人没有“人生观”。没有人生观的生活，等于没有甜味的蜜，没有香气的花。何况我们现在方且生活在这样的一个中国社会，这样的一个时代的中国社会里？花，蜜，岂止“不甜”、“无香”而已；简直连不甜无香的枯乾躯壳也还不能存在呢！万恶的社会之海底凶涛恶浪，不是已经把我们浮荡昏眩得差不多要死了么！我们不是对于一切都已没有了一点勇气，一毫决心，去与之对抗了么？我们怕毁谤，怕诬构，怕耻辱，怕失败，怕穷，怕死：我们是一事也不敢做；一步也不敢走了，我们已经成了驯犬，帖服在黑暗的恶魔之下——我们做了家庭底奴隶，做了军阀和国际资本帝国主义底俘虏，做了一切非道德，不道德的习惯底降服者。我们是几乎连我们自己也不认得了！

我们应该想一想：我们现在这种生活，还能算是“人”的生活——还能算是人类之中底堂堂的“青年之人”的生活么？我们式一追忆我们几年前的那些“五四朋友”，和我们那几十年、几百年、几千年前的许多“人类之表率者”。我们可不问一问梭格拉底何以能那么从容而死；颜真卿、颜杲卿何以能那么抗贼不屈么？文天祥怎么不怕死呢？史可法怎么不愿生呢？马丁路得何以有如此大胆？克林威尔何从得那样魄力。徐锡麟底手枪，何以放得那样快。秋瑾底血，何以流得那样红？黄花岗的烈士们何以死得那么齐整？五四朋友又何以打得那么高兴？

这岂有什么不可思议的奥妙！都只为佢们各人底内心，各有个充实其自我之意义的信仰而已！有所信仰，所以内心充实；内心充实，所以没有一隙可以为外来客气所乘——佢们的人格就成了一个勇气与决心相结合的结实物了！佢们底生命之前途，是无穷尽的；是光明的；佢们并不看见那些可怕的东西——于是他们大踏步地前进了！徐锡麟相信满清必倒，汉族必能光复，所以徐锡麟很快的射击了！梭格拉底相信真理永在，所以梭格拉底从容死了！五四的朋友，和黄花岗的烈士们，相信中国一定可以从佢们底呐喊声中解放出来；所以便一口气地演了那大打大杀的全武行了！我们底怯懦，我们底畏首畏尾，我们底容忍苟活，容忍得军阀、帝国主义……横行一世：都只因我们没有像梭格拉底去相信真理，没有像徐锡麟去肯定自己底力量罢了！

现在，死气弥漫了我们底周围了！“请看今日之域中，竟是谁家之天下”——翘首燕云，能勿悲乎？朋友！我们读书也读够了，我们现在应当不管他是什么，要各自赶快去找一个合乎我们现在的生活，和我们对于人类前途所负的使命的需要之物，以为安身立命之地——

以充实我们底生活，把自己和自己所居的社会，一齐从那无边的黑暗之中，拯拔出来。

原载《中国青年》第12期，1924年1月5日

一切学问都是研究社会学的工具

设若有人问我：“你为什么要研究你所研究的学问”？我一定回答他：“我是为了要增加我底知识，扩充我底经验”！

但：“又为什么要增加你底知识，扩充你底经验呢”？

那么，“我是为了要致用”！

然而：“又为什么要致用，而且又致用在什么上面”？

这答案可就多了：有的说：“我是为了要促进世界文明，增长人类自由；把他致用在解放改造的进程上”！有的说：“我是为了要经国济民；把他致用在治国平天下的事业上”！有的说：“我是为了要改善自己，兼善天下；把他致用在律己的修养和作人的教育上”！有的说：“我是为了要获得生活上底满足与幸福；把他用在所以谋生的方法上”！

综合这些答案，不管他是中国的或外国的，精神的或物质的，古时的或新式的，自私的或为他的说法——所谓“致用”，总不外以“调协人与人间的生活”为对象。其意义，就是“应付环境”。

环境，就是“社会”；应付环境，就是如何支配社会，如何组织社会。研究社会应当如何支配，如何组织，以及其过去与现在之情态的，就是“社会学”。故归根结本地在实质上说：既是无论哪种学问底目的，都在致用，而致用底意义，又不外是在我们底生活上去应付环境；则一切学问，都只是为了社会学而先在的了！

这个理论，就在“学”底发生史上，孔德（Comte）也已为我们证实得清清白白。

自然也有少数科学，到了他底高级的时候——如相对论、量元说等，仿佛是为了知识而求知识的。然而他底最原始的动机，和他底最终极的目的，要不能不说是为了“人类”！或是为了“文明底进步”。根荄所在，到底还只是个“生活的”，“社会的”。

现在，我要这样地说一句话，便是：——

“在人间世，只有社会学是唯一的、根本的、究竟的真实学问(因为人生底涵义，只有‘生活’；而人类生活之可能，又完全植根在人与人间的‘意识的意识’上——人类不能否定生活，便当时时研究如何支配、如何组织其相互间之意识的关系)，其余一切哲学，科学，艺术，都只是完成这个学问的工具”！

为要做一个艺术家而研究文学，音乐，图画者；为要做一个数学家而研究高等微积分者……我希望要先明白这一义！

原载《中国青年》第 14 期，1924 年 1 月 19 日

上帝底世界和人类的世界

世界是上帝底著作成绩，所以一切国家，种族，都是该驯伏地服从上帝之管辖；宗教家这么样说：论文的作者们，就给这种主张底概念一个名词，叫做世界主义。

不，世界是人类底努力之累积的结果；只有人类应该统治他！许多进化论者，根据于科学的研究，这样地反抗了前说。于是唯物的社会哲学家和科学的社会主义者，乃更进一步，成立了一个真实的逻辑。他们以为所谓“人类底努力之累积的结果”一语，是一个正在形成而又永无止息的不可分的结晶底进程。故他们主张了人类统治了地球之后，解释说这些统治地球者、都还应该互相统治，互相被统治。因此，他们不承认有国家，阶级，种族及出乎生理范围以外的性的分别底存在。他们底最后，是人类统治人类。论文者们，也给他们一个同样的名词：世界主义。

其实，这两种世界主义，实质上都只是一种的个人主义。不过前者是以无形的、想象的个人——神，管辖一切，专制一切；把那“朕即国家”的公式换为“神即宇宙”的公式而已！而后者，则是以每个具体的个人为单位，体现出抽象的人类平等精神，以期实现人间的和平与幸福。他对于前者而言，乃是一个互相自治的德谟克拉西。名词本来是个空洞的东西——意义乃由于人之赋予。在要求消减国界这一点上，我们名他们同为世界主义。其实他俩底性质之不同，可说是冰炭不相容。

基督教代表前者，一般的社会主义代表后者。一个是要以一神而专制一切，他不但限制人们底物质自由，而且要永远地束缚人们底精神与思想。他现在是在任何国度内，不断而无懈地以“神即宇宙”迷惑人们。另一个则要求绝对的自我解放。他不但要自主物质的生活，而且要有心的无限的自由。这恰恰是一个两极端——不两立的东西。他们现在在世界上相斗着，明显的表现因俄罗斯革命而益彰著——可说到处都见得着。

把一个世界属于上帝而成为上帝“底”世界呢——还是让他为人类所共有而为人类“的”世界？不用说，凡是生在今日二十世纪而具有理性的人，自然是赞成后者而反对前者的，反基督教运动之在中国，实在是在唯物的时代的趋势中：理性的自然产物。

少年中国学会余家菊、李璜两先生，同我们一样，看见那以“神即宇宙”迷惑人们的基督教一天一天在中国横行无忌——看见他们不但尽力地做他们底那种基本的迷惑；并且还阴谋地担任了国际资本帝国主义底永久的或临时的雇佣职务，专门催眠我们这个被掠夺的民族，使为永远的驯伏奴隶。忍得住么？对于反人道的愤恨，对于虚伪的侮辱之不甘，使他们两人站在敌兵线上开始射击第一枪。于是他们反对基督教底口说世界一家而实为国际侵略的“清华教育”；他们不许他这样目中无人地假冒了墨家底兼爱之名而巩固那压迫我们的列强之壁垒——大声疾呼，反对世界主义！

我诚恳地崇拜两先生底伟大——愿执吾鞭以从其后！

但我却有点抱憾的处所！

余先生因为要反对清华式的教育底假的世界主义，遂株连而及于“以人类统治人类”的真的世界主义。他并且还攻击一般谈社会主义的人，说他们太信唯物史观，太忘记了人类精神。社会主义对不对，唯物史观真不真，现在一般谈社会主义的人行不行——那是另一问题。但从谈社会主义的人那一方面所主张的人本位的世界主义，确乎与基督教底神中心的世界主义不同——那是无疑的。岂但不同？这一个刚刚是针对着而又足以宣告那一个之死亡——不也是无疑的么？乃余先生胡子头发一把抓，一律排斥！这在余先生似乎存有一个“A等于X，B也等于X，故A等于B”的观念，把两个绝对不相容的世界主义之差异忽视了！

我希望谈国家主义的朋友，对于世界主义这个东西，要把上帝底世界和人类的世界先存在心里想一下！

代英按余家菊兄等谈国家主义，在他们反抗列强，反抗基督教诸点，我们极为赞成。只是他说社会主义者太唯物了，这是一句太概括而不甚正确的话。社会主义者并不曾不注意人类的精神方面，但家菊兄却太忽视了物质方面的关系了。因为他忽视了物质方面的关系，所以他不注意中国经济的发展，有些回复到提倡军国民主义的旧思想上去，那还是前二三十年屡唱无效的强国论，我怕他的国家主义还是将照旧的成为一句空谈呢！

我们要认定今天实在是要图民族独立，要联合一切弱小的民族，以反抗经济侵略的帝国主义，且以此促成各帝国主义的国家内部的社会革命。今天决不是专靠中国可以抵制英美各国；是要靠一切被压迫的民族，乃至英美国中被压迫的阶级，联合的努力，乃可以抵制英美各国挟持强力以鱼肉弱小民族的资本阶级。所以从这一点，我们与其说提倡国家主义，不如说提倡民族主义。从这一点，亦可见民族主义，与世界主义是并行不悖的东西。

关于这个意思。可再参看去年十一月《少年中国》我所作《读国家主义的教育》及《新建设》第四期我所作《民族主义》，两书均在印刷中。

原载《中国青年》第18期，1924年2月16日

学校与监狱

意国犯罪学者朗布卢梭说现在各国所有的监狱，都只是些“犯罪大学”；主张犯人应该隔别处置。这是他和他底同道者们，从科学的调查统计中研究所得的。的确，有许多犯人，实在是因为住了监狱，益发增长了佢底犯罪的智识与技能——从而成为惯犯的。

我，当了几年教员，也经过了好几个中等学校。虽然我对于那些中等学生，并没有行过什么科学的测验；虽然在交通便利、文化较高的地方，如上海南京等处底学校，我还不知其内容究竟如何；但我觉得在我所经过的那些学校中——“现在中国内地底中等学校，简直是一个‘罪恶传习所’这一句话，似乎已经可以用限制的命题而成立了！许多很纯洁的青年，来自僻塞之乡，本来什么事也不知道的。譬如像四川底秀山、酉阳，湖北底房县、竹山、竹溪，安徽底建平、石埭、铜陵……等县，在文化上说，固然是很落后，但其人民个人的私德，却实在要比津沪汉粤底人民高多了！然而来自这些地方的青年们，只要一入学校，那便很少有不成为加速率的堕落者的。嫖、赌、烟、酒、奢侈、说谎、偷窃、敲诈、用手段、学漂亮、过分的修饰、无端的懒惰、手淫、同性交媾，……在一种无形的催眠的或秘密的互相传授之中，极快地发展开来。

好多学校底好多学生中，很少有人知道花生属于豆科，但却没有一人不会打麻雀牌；没有一人不知道“扑克”这个名词。

或者，我自己不免是个感情用事的人吧？然而有什么人又敢否认这种的学校，不就是朗布卢梭氏所指摘的监狱呢？绅士阀们所组织的什么“中华教育改进社”，什么“中等教育”，对于这些监狱底实质，却绝未注意。他们只顾“改进”下去，替一些昧良心的人开拓吃饭的地方。我要说句大胆的话，就是那我尚未知的上海、南京各地底学校，恐怕也未必不是一样吧？是的！“有些是无法管理的”。然而说这句话的，实在就是个无耻的！因为在教育界中，对于由“教育”这两个字底下发生出来的事而说“无法”，那是在天理、国法、人情、事理上都不能容的。虽然作此诿卸之言，不要脸地昧良心骗饭吃罢了！教职员们以身作则，严肃地以人格高尚相感化，把学生置在一种善良的空气中——“羞恶之心，人皆有之”；果真就“无法”么？至于关于性的本能方面的，也并不是要非听之不可的。施以相当的生理学、解剖学、卫生学的性的教育；多因设计的娱乐及公共生活上的劳动，使之少有饱暖之闲暇；那便自然会要少些了！自然，在现行法制之中，期望大家发出这样的一种督率，使一般昧心的教职员趋入正轨，那是望不到的。然而号为改进中华教育的组织，则亦未始不可代负此责。当真的、切实的、严格的，一处一处参观，调查、测验、统计起来，尽情宣布其真相与罪恶！而再加以可实行的指导，则现在这般昧心的教职员，为了保全饭碗，我想至少也必比现在要知所返吧？绅士阀们底用世秘诀，是“四方面不得罪”，只是今天请一个推士博士游行一周，觑个机会，荐一两个与自己相得可以为自己利用的人出去服务（谁不敢不恭敬地说是占地盘）；明天发一些印刷的调查表，随便人家胡乱填些什么，以见“我们这个社是在做事”而已！改进？变相的监狱，不过因他而益巩固其牢门罢了！

我责备绅士阀们，其实是不应该的。原来现在这种教育，即令绅士阀们肯当真的把他们底“假招牌”当“真生意”做，也不过暂时收个“治标”之效而已！根本的改革，简直应当打破现有的整个教育制度。“破窑里烧不出好瓦”——我希望每个留心中国社会问题的成年人，和每个身在监狱中觉得不大适宜的青年人，都去把《民铎》杂志四卷五号上，常乃德先生底那篇《毁校造校论》读一下。最好，是我们能够协同常先生在短时期内组成一个中国教育革命军。

原载《中国青年》第 26 期，1924 年 4 月 12 日

要学成了再做事么?

当我在一个学校里，很小孩似地参加着同学中，把他们那三年沉寂的校友会重新鼓起，重新组织成功的时候；一个被选干事——再三辞职不脱——的同学对我说："我并不是不肯为公众效力，只是自觉才力不足，须得等到有了相当的知识时，然后庶几不致偾事。"这个青年，我知道他是很好的；他底同学举他，似乎是经过了意识的衡量的。然而他却存了这个"做事须待学足"的谬误观念。我想现在青年中，实在有很多是和这位青年底见解相同的。所以我要把这话说一说。

中国有两句腐败话，说："待有余而济人，必无济人之时；待有暇而读书，必无读书之日。"我们设若把这两句话底公式，代入我们现在所说的"做事"，那便是："等学成而做事，必无做事之时。"要晓得现在摆在我们面前的那些教科书，都只是在我以前的人时时刻刻所做的"事"底纪录。我们只要问一问："科学究竟是什么呢"？我们便可以明白了！科学是什么——他是已往的人类生活之经验底誊清账。这些本一科一科，一类一类的誊清账，都是从另一本日常生活底不断的错误试验，与不断的更正的流水账中，拔萃而成的。埃及人因为要马上实行那应付尼罗河大水的动作，才发生了几何学。无论什么科学，没有一种不是起于我们底生活之实际要求，也没有一种不可以说是从我们底"做"中生长起来。化学是梦想发财的人"做"出来的；医学是无数医生向着病人“做”出来的。“你做的时候，便是学习的时候。”你底学习，根本上是为什么而学习的呢？岂不是为了“做”而学习的吗？一边学习，一边做；一边做，一边学习——你底那学习底意义，才算完全；你所学习的，才是实在的，才是有用的，才是足以应付你底未来生活的。把预备与实行看成两个绝然划分的时期，说必须上一时期满了，然后下一时期才能开始的——那是天下再没有比得上的愚人。一个人如果他没有一时可以离开社会生活，那便是他一生没有一时可以不学习。人永远是要学习的，死的时候，才是毕业的时候。待到学好了再去做，那么，所有的世界，只好托之于“鬼”了！故在教育学上说，人生只是一个学习的过程；我们底人生观，应当把自己看成是一个永无止息的宇宙底学生。预备与实行，分开来看，是不通的。

固然，我们底做的能力，在一定的时间里底一定的事件上，是有个限度的。譬如我现在要叫一个方在中学的青年去做总统，那是做不到的。然而做总统的预备，却应当在现在就开始去实行——那是无可疑的。一个学生虽然现在不能做总统；然而他个学生却并不是不能做现在学校校友会中的干事——因而去学习那公的政治生活，以为将来能做总统之预备。

方今中国学校，也就不可谓不多了！受教育的——以满足一定的学习时期为学问的人们，也不少了！然而有几个真正能干得一件事下地，应付得一个问题到底？读书自读书，英算国文一天闹到晚，一点儿也不与生活相关联！人人心中都想着：“我现在是读书的时候，将来才是做事的时候。”哪知“将来”的那天到了，却只落得个乡下人吃汤元，不知从哪里下嘴。最可杀的是一般猪狗教职员，也一口一声地说：“你们现在是学生，宜静心用功。”他就不晓得他底母亲抚育他这个头胎子长大时；伊并没有在事前去“静心用功”，而他之长大只是由于伊一面替他洗尿屎地实行“做”，一面又从而实行“学”。

载《中国青年》第 29 期，1924 年 5 月 3 日

我们须注意于品性与行为之一致

现在有多数青年，犯着两个毛病：一不拘小节，二只说不做。

这两个病，都是唯心太甚所致。前一种人，以为一个人只要自己底良心不坏，便在日常生活上，稍微越过一点范围也不要紧。譬如他们对于吃烟、喝酒以及偶尔为了一件事暂时说谎等，都觉得这与自己底人格，并不发生什么很大的关系。但是他们不晓得，一个较大的恶习，是从一个较小的“偶尔为之”累积而成的。有许多小事，固然在起始的时候，看着是仅仅的“非道德”而已。然而习久了，他却自然就成为“不道德”，成为罪恶了！本来像烟酒只不过是非道德罢了，对于人格并不发生问题；一个吃烟的人，并不能就说他是个无人格的人。不过久了，那烟酒在心身两方面所起的向下堕落之趋势，却不免有时要成为犯罪耳。故这等人，在他底那个细微的“不拘小节”的生活上，无形的习惯威权，一定会使他炼成功他自己底一副有体系的哲学——便是“只问目的，不择手段”，而最后的结果，则将更进一步，不自觉地会把手段变成了目的，完全堕落于无边黑暗之罪海！

后一种人，以为“善”只是口头的，宇宙本来就是矛盾的。他们只坐着说说，行为上却并不去践行。他们徒有“好意”，却并不问一向自己底行为究竟好不好？他以为觉得有了“好意”，便是“善”了，一个有道德的“善”人，是只要别人因我有了好意而遂以我为善便够了的。

在伦理学上，一个人的价值之评判，固然有时是不能完全取决于行为之效果的。但其不能完全取决于行为者内心之动机，也是一样。而且在一定的社会的意义上说，则我们与其失之于动机，还是毋宁失之于行为的好。青年们！你们勿以为一个人只要有“好的心”，便可以算是好的人。你们应知道，一个好的心是要有一个相当的好的行为来证明的。人生行为，件件都是一个数学的答案。你底居心如果不能有一定的行为放在等号那边，那么，你底那整个的品性便是个不可解的方程式了。故一定的行为，是刚刚用以证明你自己底一定的品性的。好的行为，固然足以证明好的品性，即坏的行 为也正是证明那坏的品性的。你尽管说你底居心是正大的，但你底行为只有坏的表现时；那么，除了上帝，你是不能责备人家把你看为坏人的。反之，坏人有时做了好行为，虽然我们就以为他是好人，不免被他欺了；然而在社会上，他底行为所生的效果，却是有利而并不像你这个虽是好人却只使社会不利的。你和他比，你尽管“本”是好人，而结果社会上是宁愿钦敬他的。至于那只说不做的口惠而实不至者，更要知道现在的时代，是一个实利见功的时代。你若不能对于一定的某事物是个好人；别人是不会因你多说了好话，便以为你是真的好人的。你必定要作出好事来，那才真能算是好人。这便是说，你与其满口道德的说，倒不如去实行做一件道德的事给人看看。

以上还只是就伦理和道德底原理上说，至于在两种生活中所必至的堕落之可怕，我只希望大家能够闭目去想象一下。别的不说，只说他可以引导我们陷入那“自欺”和“欺人”的虚为之一端，我们底人格便已被他宣告死刑了！朋友们！一个人底品性与行为，应该是一致的。我们敬重某人，不就是因为他所表现于我们目前的行为而敬重的么？我们鄙弃某种行为，不也正是鄙视那个人底品性——人格么？

原载《申报·教育与人生周刊》第29期，1924年5月5日

我们应该先求了解现实生活

罗志希先生在《晨报》副刊上，说吴稚晖先生“有特识而无常识”。吴先生有无常识，我们可以不必过问。我们现在只问我们自己可曾会也被罗君说着。

请饶恕我的冒昧——我觉得我们这些青年，尤其是我们这伙中等学生，实在有多数不能逃出罗君这句简切真实的评语。

我们试想，我们每天自从受了起床铃的命令开始我们一日的工作时起，一直到受了熄灯铃的命令重入睡乡，我们可曾做了些，或是学得些与我们生活上实际有用的事？不错！我知道诸君中尽有“举一反三”或是“闻一知十”的人，尽有不须那样做得或获得实际生活上的知识，而届时仍能应付的。然而我却要代表像我这样愚笨的朋友，觉得我们每日工作的大部——甚至全部，实在是和我们的生活，成为一个“风马牛”！

读斯宾塞的《群学肄言》，我们笑那牛顿是个书呆子！他硬要他的木匠替他的大小两猫，各开一门。他的数学的高深头脑，是如此地和他的生活相距十万八千里！

但是，我们中有几多牛顿呢？我们已经很明白地知道了“盐基”和“酸”；但我们暑假回家时，却不能帮助母亲做好一碗菜。我们很记得“单子叶”和“显花植物”的生物的特征；但当端上一碗饭进口时，却不晓得他是经过些什么过程而成功。我们可以在形而上学中，辨别康德的“物如”和“时空之范畴”；却没有方法调和一对村农夫妻的心理冲突。坐标、轨迹、杠杆、力与数的道理可以做成一部书；然而寝室里横梁坏了，就还须得“不耻下问”地请教于工人。抵制日货呀！反对英美呀！至于旅大形势如何？位置何在？因何被日占领？为什非争不可？当时的外交经过及条约又是怎样？长江联合舰队和铁道共管果是个如何的系统事实？这些却一些不知，或稍知而不大明白，或虽知概略而不详细。临时，推举了我当露天讲演员了！怎样办呢？满脸通红，两耳发烧，以急时抱佛脚来的一些模糊知识胡嚷一阵而已——虽然我每天在讲堂上，可以被教师指背一篇《威克牧师传》连一个拼音也不错！运动、游行，自然是容易的——但民众却仍未明白我们是为了如何一回事；我们的这一趟“生活”，就能算是已经应付下了么？

我想我们若不能承认一个拥有“不兑现纸币”的人，为富翁；则我们也应当以同一的理由，承认我们自己的这些不能实用的知识，为学问罢？我们常常说我们是改造社会的；别人也恭维我们是改造社会的青年！但是我们却除了在三五朋侪，抵掌酣谈之际，时而发出一个可以使四座起敬的特别见解之外——对于我们现在所要改造的那个对象——社会，却不了解。这又岂止是不能帮助母亲做好一碗菜的问题？夸诞而漫谈，在自己的生活上，和对于社会的道德上，又是一个何等可耻的自欺；与何等可怕的危险哩！“有特识而无常识”——那特识只是个无用的奢侈；牛顿富有超绝万众的特识，结果在一件事上还不免做个“书呆子”。我们也曾跟着说“少谈些主义，多研究问题呀！”也曾独立建议过“中国的改造，不可袭用任何主义；而须视国性与环境以定方法”的了！识见何尝不高超而特别？只是我们又曾研究了些什么问题？而眼前中国的一切情形，我们又曾知道了多少？今天如此，明天还是一样——因为起床铃和熄灯铃的缘故，我们还是要英文、数学地闹了下去。看看三年了，五年了，毕业生而兼社会改革者的青年——我，到了第X个国耻纪念时，露天讲演，或者还是免不了那样——红脸，乱嚷罢？——朋友！我们想想，我们究竟负不负这青年二字；我究竟算有学问没有呢？社会上希望我们，而且把这副重担交给我们——我们则如何？岂不是我们越多，而社会越要“每况愈下”了么？

是的！本来这也是不能怪诸君的。原来我们的教育家们，教师们，他就是一手拿着《心理学讲义》；一手指着责备我们不该假寐而应该随班听他背诵那商务印书馆所印的字的。现在怎么样呢？“识迷途其未远；觉今是而昨非”——杜威先生不是说得有两句话么？他说：“经验即是生活；生活即是应付环境。”学问是什么呢？学问不就是“增加经验”么？增加经验，不就是在书本上——自古以来的那些古人的经验上，再加上我们现在所有的现实的经验么？不就是把古人的经验拿来同我们的现实经验相调协么？我们现在是生活在“我们”的世界里；我们便应该先求到我们这个世界的经验，然后再去加上古人的经验，或是把古人的经验拿来，与之相合呀！我们要求得我们这个世界的经验，那便是说我们要了解我们的“现实生活”。怎么样才能了解我们的现实生活呢？我的直觉是：公民、史地、社会经济、文学——应该混合起来，而以社会上最近所发生的事实为材料。新闻、杂志的记事，便是一种每日发行的讲义。以一个问题为中心，把那些研究的对象——社会事实——贯串起来，道尔顿式的自修设计也可以；三五个或六八个同意者，团体地设计也可以。总而言之，是务在求得一个可以“兑现”的知识。历史是从今天早晨以前起，向后倒数了去的。地理是和我们生活上最近的感觉印象相联结的——我们不单只记忆新加坡的风土、气候、物产；我们还记得曾被拟为大英帝国之军港，并且知道那一回所以要筑为军港的前因与后果。一切这样类推了去，知识才有了基础；学问也才有了意义。

自然，我们要了解一个全世界，是不能单像这样做这些常识的——也许有时还需要一个形而上学。单有常识，不成其为学问，然而学问是以常识为基础，则甚明白。我们的常识，并不是“写信必读”“官商快览”一类的常识——他乃是一个最切近于现实生活的哲学或科学的原料。我并不叫人专门只求了解现实生活——常识，我更不是叫人就抛弃了哲学和科学。我是说我们要有一个能彀应付切身环境与日常生活的基本能力；然后再去讲科学哲学。学问是经验的累积。他是拖带过去，伸向未来。我们不可住在过去里面；我们要旅行于未来中去。“现在”是未来的开始；他便是乘了我们由过去之海而到未来的一只船。所以我们的学业之根基，只在这唯一的现在——现实生活。了解现在，我们才能在常识世界里应付环境而生活。倘若没有这些关于现实生活的常识，而徒讲些特识的哲学与科学，那便只是魏晋的清谈——虽有万千何晏、王导、刘惔之徒，其于世乱，还是无补——则又何须要有教育，要有学问？

原载《学生》杂志第 11 卷第 5 期，1924 年 5 月 5 日

梁启超又来提倡实践主义么?

“博读博讲博著”的“论坛老将”梁任公先生，真要算是一个善于看风色的时俗追随者了！他底“博学”，既不肯让那新回国的后生美国博士胡适之单独哄动一时；而订了他自己的所谓“一个中国学人起码的书目录”。像法律一般，规定着说一个人若不读了他那让步已至极限的书目中之书，则不但不能算是一个中国学人，而且简直不能是一个中国人。一时，他所提倡的国学，着实足以与胡先生在北京所开的裁缝铺相抗衡。一个是老妈子补破裤；一个是歪嘴和尚吹法螺。他们自以为他们这种态度，是在给“现在这些最不愿意听说中国从前有什么学问”的人以一大“当头棒喝”。这一棒，把中国所有的“学人”，也不知是打昏了，还是打醒了——居然也都一时“率天下而入于故纸堆中，耗尽身心气力”。让他们两先生弄成一个“平分中国思想界”之局。但是有一部分人，却生来根器愚钝，不堪度化；对于胡先生底补破裤的工作，既是莫知所为；对于梁先生底法螺高调的律文，也实在无从履行。他们只为了时代的要求，实际生活的逼迫，读些“在我们教育界成为一种时髦学说”的“唯用主义或实验主义”的科学与常识，以便适应这被压在国际帝国主义之下的半殖民地生活。唉！哪晓得梁先生现在忽然又对于这般根器愚钝不堪化度的人，表示一种深厚的同情；要把那“有些地方像是比杜威们更澈底”的颜元、李塨之学，“从新介绍一翻”呢！

自然，在中国现在这种“大学疯”的国学狂、玄学狂、名流崇拜狂的时代，梁先生竟肯幡然自忏，又“不惜以今日之我与昨日之我挑战”；把一个“不许单只口说，而要实行去做”的实践精神来提倡，我们除了为中国人祝福，为我们自己那“造机关枪以御机关枪”的阵线报喜，还能再说些什么？不过，一般青年学子，跟在梁先生后面，走马灯似的转过来，转过去，未免弄得精疲力竭，牺牲了光阴，牺牲了精力，太觉得难为情了！“究竟读书对呢，还是实行做事对？”“究竟从颜元、李塨之说对呢，还是应当遵守梁先生所订的国学起码之律，去挣扎得做个中国人？”这两条路都是梁先生给我们指出的，梁先生又没有在介绍颜元、李塨之前，声明取消那“起码做中国人”的严律，我们真不知“何所适从”了！或者梁先生默而不言，是要两条路并行吧？然而“心上想过，口上讲过，书上见过，都不得力；临事依旧是所习出来”。而“人之岁月精神有限，讲说中度一日，便习行上少一日；纸墨上多一分，便身世上少一分。”则又与那“装罐头的读书教育”“动辄唱高调把实际上应用学问抹杀”的学问绝不相容。这真叫我们无所措手足了！

是呀！“凡学问总是要应用到社会的”。但是现在中国在梁胡二先生所造的被催眠状态中，除了使一个个青年都“习如妇人女子，以识则户隙窥人；以力则不能胜一匹雏”；还有什么？所谓有“扶危济难之功”的“可将可相之材”，是在那些“总不出纸墨见解”的国学中找得出么？“试观天下秀才晓事否？读书人便愚，多读更愚；但书生必自智，其愚却益深”——这种现象，不必征诸一般青年了；即在科学与玄学的讨论中，我们亦已看见。长此已往，不弄到“坐大司马堂批点《左传》，敌兵临城，赋诗进讲”还肯停止么？梁先生说：“既属一国知识阶级，则对于国之安危盛衰，自当负绝对责任。说我自己做自己的学问，不管那些闲事，到事体败坏之后，只叹息几句了事；

这种态度，如何要得！”然造成这种风气底萌芽的，又是谁阶之厉呢？

我不知梁先生将如何想法。在我，则觉得我们人类若不能如蚯蚓那样，把我们自身用刀裁成数段，而每段均各仍能活动时——我便无论在哪一方面，无论哪件事上，都当有个“统一的人格”。梁先生一生则无论是作事或空谈，似乎他自己总不曾顾到人格之统一。青年们一方震惊于梁先生底洋洋大文，一方对于梁先生为什么要今天这样，明天那样的怪性情又无从了解！遂不免感着莫名其妙的烦闷。其实梁先生的性格，用梁先生自己说的话，倒也可以寻得一种解释。梁先生说：“天下往往有许多例外现象，一般人认为神秘不可思议的，其实不过是一种变态心理作用。因为人类本有所谓潜意识，当普通意识停止时，他会发动。”梁先生生来“好名”，时时“沽誉钓名”，普通意识不免时时被那“本有”的好名心——“潜意识”所侵夺。久之，潜意识反变为普通意识，变态已习成常态。不过“本来之真我”——戊戌以前的那个纯洁的梁启超，还未完全消绝，革命反抗的本性，有些在潜意识中存在，所以累得梁先生一生成为一个年年月月日日时时“不惜以今我与昨我挑战”毫无节操、毫无自己的一定学守的人了！唉！苦呀！又要在生活上做妥协的绅士，又要在内心上求良心的安慰——巴不得名实双收。俗语所谓“又要面子，又要里子”——这种生活，是何等的苦痛呀！

梁先生很“呜呼”地伤心我们一般“现代青年日日在讲堂上报纸上高谈什么主义什么主义”——这真是一片婆心。自然我们底日日高谈，免不了空泛，免不了不合实用，不符事理。然而我们底这种空泛，却至少要比梁先生那大规模的国学之提倡，要比较的切近于生活。且更要比令朋友张君劢底玄学，要合于梁先生当前所标榜的颜李精神。我们所高谈的，至少是出于我们生活上所感觉得的；是一种时代的要求。我们总还是“今日的”；总比研究那数千年前的古人尿粪，迷恋那木乃伊僵石要能马上兑现。总比先生高坐清华讲坛，用了那与我们风马牛不相及的什么佛学什么东方文化，要更近于那“比杜威们更要彻底”的“唯用主义”。其实，梁先生忘记了，忘记了南学会和《时务报》时代底高谈与《新民丛报》底什么主义什么主义了——不是的，梁先生并没有忘记，梁先生现在是变了绅士；绅士在礼仪上是当然要倾于保守过去的。

“满天下小百姓厌恶我们底心理一日比一日厉害，我还在那里做梦”！这句话我们不敢不恭恭敬敬地佩服梁先生说的千真万确！

梁先生著的《颜李学派与现代教育思潮》，载东方二十一卷二号。每个有志于为社会的朋友，都当看一看，庶不致负了梁先生提倡实践的好意。

原载《评论之评论》第9期，1924年5月18日

看了《少奶奶的扇子》以后

这几天，《少奶奶的扇子》这出戏，在上海一般中等阶级——知识界——中，真是哄动一时了！我先原未十分注意，后来因为一个朋友说他所认识的欧洲人也被引动得要去看；我才觉得这件事在社会文化上，要算是已经有些影响——不管它是好是歹，我们确非研究一下不可。总算是侥幸，十八日职工教育馆中末次的排演，居然被我赶上了！看了回来，对于这出戏，大体上是很满意的——但也有些觉得不大好的处所。现在且写在下面：

第一、表演方面，我只能说一个“好”字。因为在现今中国这种鬼怪妖狐出现的艺术界，戏剧协社诸君底艺能虽然不免还有许多缺憾，但大体上总要算是难得再有的了！（北京陈大悲一派究竟如何，我未见过——无从与之比较。在长江上下游，则这出《少奶奶的扇子》，的确是从春柳以来所未见过的。）今天（十九日）中华新报上珂琏君底评语，指出好些缺点，大部分我都表同情（我所最引为憾的，是打胭脂与说话腔调不脱旧戏做作二事）——确是演者诸君所应当引鉴的。不过我们在现在这种幼稚的艺术界，却也不可十分求全责备——只可以善意的扶持者之态度，希望其慢慢向前生长，俾得终达完满之境而已！

第二、对于洪深君底改译，我们要认为是一种相当的成功。这样的“变化而出之”，确乎是能给着观众以较亲切而明瞭的印象，收效便自然要比从前那些直译的宏大。我们还希望以后所有译欧美剧本的，都向着这方面着些力。但洪深君底译作，在剧场上具体化的时候，一切风俗、陈设，尚不免有许多地方要显出些“中西合璧”而大不自然的毛病。这或许是翻译上所难得避免的吧？然我们总仍希望能够竭力设法使之中国化而且民众经验化才好！

第三、对于剧本本身底价值方面，我觉得它应得好坏两个评价。

好的方面，是它所叙的事实，本身上，便含有一种对于“世俗礼仪和习尚”的抗议，它尽量地揭发了绅士阀的虚伪、虚荣、滑稽、卑污——使观者反映出一种“不自然”的厌恶情绪，渐渐启发人使之向着自然的生活，生起光明之念。它并且还很细微地描写了女性底心理，显示了爱情——婚姻底真实意义，我们若对于这些细微的艺术之暗示，加以咀嚼，便可以更深一层地知道人性之解放，女性之真正的自由，以及真正的恋爱——只有打破了现制度和现社会底习俗之束缚，然后才能获得。在这一点上，我们竟可以说王尔德也是一个自然主义者，他所写的仍然和一般唯物的写实家一样——不过显示给我们说：“人类底物质生活，决定人类底意识；而人类底意识，并不能决定人类底生活”罢了！然而王尔德究竟是个浪漫的疯狂者——究竟是个唯心的艺术家。他底本意，总要告诉我们说人类有什么“精神生活”；而又不承认这种精神生活是一个宇宙进化中生物底生活经验之累积的产品——结果，便自然成为了个神秘的二元论。二元论，便是说“人”在物质的生理生活之外，单另还有个心理的精神世界——质言之，便是在身体之外，还有灵魂。于是在人生哲学上，那就必然要达到那“意诚而后心正，心正而后身修，身修而后家齐、国治、天下平”的伦理系统了！自然，这种高尚的伦理，我们是不能不承认它有哲学的价值的。不过，它到底只是个“可以语诸中人以上，而不可语诸中人以下”的独善其身的东西。一个人能够照这个系统去做，我们是很赞成而且很崇拜的。但若意然以之为“救国”“救天下”的方案，那可就失了科学的价值了！唯心家闭目冥想，只知以自己——以他那个已经能够作这些冥想的自己——为本位，妄断人性，或以为“恶”，或以为“善”——如王尔德此剧的意思，便是说在他看，人类本性中是有一种先天秉赋而来的高尚的情操，如金女士之能悔已往而又为徐少奶奶作牺牲的精神的。这样一来，便容易叫人回避外界的现实，而专从人类的本心去着手修养。正人心以易天下的中国老迂腐，便是这个系统底嫡子。几千年来，像程朱陆王——说新些康德——这一类底学说，尽管汗了牛而充了栋，世界却依然还是这样一个稀烂。其实，唯心派以为世界之乱，是由于人心不好，哪里有一些根据——从什么统计上得来？人心好坏完全是环境的产物，不去着手改造品质的环境，反从那环境的结果上去瞎撞；所以他们底努力只是白费了，与世不但无益，实际上反而纵容社会上一切物质环境之产物的罪恶，任意滋长。有 人说唯心派只是鸵鸟，埋首沙漠，以不见敌人为安全——王尔德等回避现实，实是如此。他们在想象中创造些乌托邦，安慰着自己，实际上只是替罪恶帮忙，把自己底意识麻醉了！看王尔德那种所谓唯美的佯狂生活，实在令人觉得比看那罪恶本身还可畏。他们所以如此，都是由于他们底二元思想，承认在人身之外，忽然有个莫知所来的灵魂所致。在中国现在这种要求现实的革命时代，这种戏剧，似乎不宜提倡吧？这还是论的王氏艺术上作品的原则，至于这出戏的事实，在世俗见解上，那便更有令人可以料到的恶效果，是给女性以一种“谨守闺范服从习俗”的暗示。浅识的观众，他会失了王氏那所以反抗世俗礼仪与习尚和揭发绅士阀不自然生活的本意，而反为金女士之现身，是叫他们谨慎修身的垂戒了！这影响如果发生在民众心中，岂不是戏剧协社诸君抬了王尔德来巩固现实的制度，为旧礼教张目！在这坏的一方面，我们希望译者洪深先生及社诸君注意！愚意在现今中国民众中，“教训式”不如“刺激式”，“满意的结果”不如“无结果的烦闷”，“顺势的结束”不如“反抗的结束”——与其以金女士劝徐少奶奶回来而显出个人的高尚情操，不如多演娜拉终身大事等剧，使人们提起反抗心，对于“制度”起一种愤激而去改革它！

原载上海《民国日报》副刊《觉悟》，1924年5月22日

“亏本”与革命

一个偏于左派思想的青年，最近给我一封信，其中有一段告诉我他底处世态度。他说：“我对于同学，有许多不交言的；对于教职员，是没有一个能与之妥协的。同学们有一个对我说敷衍话的，我就以后再也不同他谈话。因为我不管什么时候，不同人谈话则已；一同人谈话，句句都是诚意的；一听人家对我说非诚意的话，我总觉得是“亏本——以诚换了非诚。所以我宁孤陋自守，不愿多与人接谈”。

在这位不愿“亏本”的青年，大概以为他自己是一个纯洁而与世奋斗的人；以纯洁之身与世奋斗，就不可不取一种无妥协的革命态度。他以为他底革命事业——他底纯洁的人格，他底革命的天性——非这样便无从表现——而为他所痛恶的这种恶社会，也就不会有变好的时候！这是一个无识的独断的愚想。我知道现在有许多好的青年，许多生来便总有一种革命性的青年，大都不免被这个“主观的自尊逻辑”所迷惑着。自然，一个人处世接物是不应该没有一个“自我”的立脚定点，而去与世浮沉的。自然，我们无论对人对已是不可稍流于敷衍的虚伪生活的。但要知道这种态度，却有一个一定的用处—— 一定的范围。我们在我们自己底人生观和我们自己所抱的主义上，我们是不应当轻易地舍己从人。我们在保全我们自己底统一而光明的人格上，我们是不应当稍事敷衍。然这并不是说叫我们在日常生活上，无论对于一件什么事，无论对于一个什么人，必如此一一地用了这种态度去生活。倘若必须对于事事人人无论轻重大小都要如此，则我们自己岂不变成了一个为自己底锁链所束缚的囚犯？那岂不比泥塑的偶像，还要呆板些？那么，我们将见没有一步路可走，一句话可说了——因为在现在这种社会，是在任何时间空间里也难找到那纯然“诚意”而也一点不“亏本”的交接的。

只要我们底“大节”不变——我们底根本的哲学的体系，我们底“主义”与人生观不变，稍微差不多的小事，是可以“出”“入”的。我们只要以我们底主义和人生观为定点，不使之稍有移动，则以此为中心而向着四面去画弧的活动，是可以随局势境况而变更其手法的。孔子曾见了南子，但只要孔子没有犯色情狂的罪，与孔子底人格并不生关系。我自己不吃纸烟，但我与吃纸烟的人谈话，并不能就算是犯了什么罪。

况且，我们在现在的中国，并不是只做个独善其身的乡愿便可以算事的。我们是要“兼善天下”的去改造社会。吃纸烟的人——过敷衍的虚伪生活的人，说非诚意的话的人，已经算是一个要我们去改造他的“社会问题”了！我们连这一个起码的社会问题，都不能设法使之解决，而只能以“甯孤陋”的态度敬而远之，则我们还配说什么改造，革命？我们对于社会的伦理的问题，并不是如何远避吃纸烟的人的问题；乃是怎么样才能使他不吃烟。革命的事业，在他底本质上便是一种“亏本”的交易——他底意义除了牺牲，还有什么？

我们方且要入地狱去从井救人，奈何对于同学们几句非诚意的谈话之“亏本”生意都不愿做？这样，我们还能出了学校，去干革命的伟大牺牲么？勇敢的革命家，是不怕现实之丑恶而去回避的；他要从丑恶的现实之中一直通过，把丑恶拿来美化。真正的圣人，并不是要他能够守住“非礼勿动”的死格言，不去见南子，是贵他能见了那样一个绝色的南子而他还是他——一点儿没有堕落，并且还把南子变做了和自己一样的同志！

还有一义，便是“责善只能对于自己”，不可以已所“善”者责之天下人——但必须以己所善者去劝诱天下人。革命底另一根本含义，便是如此。倘若天下人都能如你一样，都能像你纯洁而诚实，则天下何须改革？

青年们！革命原是一种传教的事业。在我们自身还未为革命而死去的前一分钟，我们还走在一个纯粹“亏本”的过程里，死了，然后我们底宏愿——亏本的意义才算完满。你若不愿做个革命的志士便罢！你要有所从事于革命，则你应当时时对于社会去找“亏”吃——这便是说你应当以你底全部身心贡献于那亏本的工作中去。至于和同学们谈话，从“亏本”中收得我们底教徒，扩展我们底革命成功之途径，那不过是一个全“亏本”过程底开始而已！

原载《中国青年》第 32 期，1924 年 5 月 24 日

世上并没有完人

我在前一篇文章里，说我们底品性与行为是应该一致，那是对于我们自己本身“应该如何为人”这个问题说的。现在我又来说这世界上本来就没有完人——这乃是对于我们“如何对待别人”的这个问题说的。

因为我们——这许多青年，每逢到责备人的时候，是一点原谅也没有的。反之，我们信从人的时候，也是多出于盲从，而少有是出于审断的结果。

这种毛病，我们犯的很多了！譬如从前只觉得章太炎有名，便五体投地地信仰他，崇拜他；只要是他所发出来的一言一行，我们都只觉得是好的。现在，因为章太炎有了一件事或者一句话，不合于我们底意了，我们便陡然顿觉得他实在不好——并且是不可宽贷的不好，就像从来就是不好的一样。大家或者要以为我太画样子画过了分吧？那么，请大家想一想，试问大家近年来对于梁任公和胡适之两先生底国学之狂热，不是很合得有如此盲从之分子么？这两位先生，以他们自己为本位的“最低限度”的要求，究竟是不是我们底精神、材力、时间、经济所能办得到？而且是不是一个时代的必要工作？是不是一个生活上所必不可少的需要？我们是毫未置念的。然而国学国学之声，我们却有不少的朋友跟着噪破了嗓子。

自然国学这东西应该不应该研究，梁、胡两先生底学说主张到底有无价值是一个问题。**但我们若是并未经过上面的仔细思索而即从之，那便不能不承认是一个盲目的动作**。

这毛病底本根，是出于我们在直觉上，以为天下人都是“完人”——一个好人，便什么时候什么事都是好的；反之，一个坏人自然一切也都一样。

本来天下人应该每个都是完人的——好的整个好，坏的整个坏。我们对于自己，所以要求“品性与行为之一致”的修养的，亦正是为了要做一个完人——不过在伦理上是偏于希望成为一个纯好的完人，而不是要去成功一个坏的完人罢了！只因在目前这个由于人为的种种不良制度所造的虚伪的矛盾的社会中，“人”底化学的成分，尚不能不复杂而遂归于纯一。所以我们要晓得在现社会在人类进化底现阶段中，要找出一个完全的好人或坏人，是很少的。大多数的普通人，是既没有一个完全的善人，也没有一个完全的恶人。**我们对于自己固当是取“律己以严”主义，努力地责备自己，督率自己去做一个完全的好人。但对于一般人，则不可不取“待人以宽”主义，而只以他底行为，评判他底价值。他有多少善行，我们便承认他有多少善处；反之，他有多少恶行，我们也一样地承认他有多少恶处**。我们只当以我们所见及的善处与恶处来恭维他，鄙弃他，使他得因社会底舆论判断之适当——是非轻重都刚足以服他底心——的那些奖掖与惩劝而渐渐即于正轨，成为一个完人——成为一个完全的好人。绝端的笼统的崇拜，与绝端的笼统的唾骂，都不是所以使人向着生长方面去伸展的。古语说，“道人之长，只到九分，须留一分做他底进境；道人之恶，只可七分，须留三分让他改过”，也是这个意思。我们若能像这样用了这种“行为主义的伦理观念”去处世接物，我们便可以得到许多可交的朋友，得到许多可与的同志。然后才可以相与而做出些当做的事业，也才可以替社会从舆论中造出些好人。不然，我们天天在学校中，对于同学便多只见有坏的，自把自己反弄成很孤立了。至于对于学校以外，那便更不用说了。反转来，那盲目的信从，就更是不但埋没了自己底主我，并且还不知要影响社会至若何程度！**我底浅见，窃以为现今社会上之所以没有舆论，舆论之所以没有效力，而一切是非善恶又仿佛无轻重是否之别者，都是由于我们这些青年，这些知识阶级，这些清议的威权之掌握者，没有用那严肃的行为主义去做尺度的缘故。**

原载《教育与人生周刊》第32期，1924年5月26日

脱离家庭及拒婚问题（通讯）

楚女：我觉得一个纯洁的青年所以终至于堕落的，完全是由于家庭的累赘所致。有了家庭，就发生饭碗问题；一为饭碗做事，就自然堕落了！因为个人生活好混，一家生活难混——而家庭的需索又是无厌的。所以我对于维持自己底人格，就决定是“脱离家庭”。但要想脱离家庭，那就须先从拒绝婚姻做起；所以我又主张“独身”。这个念头，是前一年才起的；今年更加坚决了！不过我自信我若履行这脱离家庭与婚姻的主义，自己底魄力恐怕还不够，还得许多朋友从旁督责我才好。另一方面，我又预备去找些关于涵养心性的书读读，使心地旷达，眼光放大一些——这种书，我想只有在中国古书中去寻找，你以为何如？我现在读书，偏重文科，除学习英文外，其余的时间，就读你所指给我的那些关于研究现实社会的书和文学的书。再，便是读我自己认为修养所必要的古书，预备把子书都涉猎一下。

日章：青年人容易堕落，并不单只由于家庭的累赘。如虚荣心，生活上之贪恋，友朋的引诱……都足以使人堕落。不过家庭的累赘，要算是一个很大原因罢了！自然，在现在这种生活压迫最高的时代，我们要想保全我们底纯洁而不致为了饭碗去堕落，总以少负家庭系累为好。何况我们是已立志要为社会做一番事业的？那是更其有一个相当的脱离之必要了！然而这也须得看势，第一，须你自己确有独立供给你自己经济的能力（在学生时代，学费即是一大问题）；第二，也须得你底家庭在事实上确可以让你脱离——倘若事实上万不容你脱离（譬如父母具老而又毫无手足且甚贫苦），则殊不可；因为我们为社会而脱离家庭，原是出于一种舍己救人的博爱观念。自然，能够脱去是最好；但也要知不脱离，也还是可以为社会做事的；不过所做的或许不及完全无家累的那样自由罢了！结婚一层，那更是个人的私事，须得自己去决定，旁人是不便代你说话的。不过我们当这匈奴未灭之时，既已以身许与社会，那么，像你这还未被婚“结”住的人，纵然不必即决定终身独居，而延迟结婚也是应该的。何况你底家庭经济，并养不活一个人呢？所以你这主张，在这一点上，我是相当的赞成。脱离家庭及拒绝婚姻，何必定要旁人督责，这些事又岂是旁人所能督责的？我想你若时时想着“社会”，时时多想“社会”的事而少想到你自己底事，那便是一个很好的督责，那便什么伟大的事业都可做出——何患缺乏魄力？裂裳裹足，以急宋难；摩顶放踵，以利天下，无非是由于他时时刻刻只记得他人，不记得自己而已！以读书而旷达胸襟，放开眼界，那不是中国古书——什么子书所能获得到的。在你或以为南华中如秋水齐物是可以解放你底思想的吧？其实，那是别一个牢狱，在这个牢狱里，不过不上脚镣手铐罢了！消极的放浪于形骸之外的所谓“高明”，会把你埋进无边海滩底软沙里去——开阔了，旷达了，然而你这个人却从此无用了！你若真要开放你底胸襟与眼界，与其在那些散乱浪漫的中国子书中去埋头，则不若去读进化论与唯物史观的社会学。从科学的领域里，才可知道宇宙之伟大而得到自己所居的地位。然后才能有一个有条理而且是科学的进取的人生观；才不致陷于那乌托邦的迷途。你可把研究社会学与这一要求合在一起，同时去做。凡关于生物进化（如物种原始，一元哲学之类）及马克思学说，都看一下，那便胜于读五车子书。至于文学一门，我向来自己不很抬举他。我以为把他作为私人生活上一种欣赏的享受，和课余去公园以遣倦一样看待则可；若当一件事业做则不可。在我们现在这个时代，我们需要墨翟，不需要陶潜、李白。

原载《中国青年》第33期，1924年5月31日

身心的锻炼与反锻炼

我现在并不是要来谈什么生理学的，或是心理学的专门的科学的理论。我是要把我自己个人生活上，关于身心两方面的一些实际的经验，说给朋友们听听。

拉马尔克（Lamarek）的后天获得性道传说，现在虽然是正在和外司曼（Weismann）的胚种原形质说相持着。但生物在某种环境中，对于一定的外界刺激，或是对于一定的外界所需要于彼的适应而起的反应动作，若经过了多次同样的反复时，则这个有意识的反应运动，到底必变成一种类似于本能的无意识的机械的反射形式——便是我们平素所谓“习惯的”；这一层，总是一个不可否认的科学的真理。这“习惯”，在我们的身体上和心理的进程中，依其本身（即习惯）的性质之为消极的或是积极的，的的确确能如拉马尔克所说使我们一切内部外部的器官和其感觉及机能，因之发达或萎缩。而这些发达或萎缩的过程和其结果，我们即照外司曼的主张，暂置遗传方面于不问；然彼之能影响于未来之我之本身的生活之全体，则更是一个可以想象而预言的真实事实。我们青年人，因为知识程度，尚未能及这些无形的自然的科学道理；对于“现在的一举一动”之足以支配自己将来的一生生活的问题，自然是从来并未留意的了！所以好多青年朋友，每每不知不觉一任自己的身心，随着外界的压迫、要求、驱遣，而听天的养成种种消极的、积极的、好的，坏的习惯，幸而落到一种积极的好的习惯中，自然不消说得，我们是可以成了一个身体强壮、智慧充足、有一定的信仰和一定的规律的生活的人了！次之，若落于一种消极的好的习惯中，也还不失其为一个普通的寻常好人，或者虽不能怎么样有所贡献于社会，但对于自己的生活，总必不致负着什么垒积的痛苦。不幸是一旦落到一种消极的或积极的坏的习惯中时，那就不但积极的或将成为一个犯罪者，以致多所累负于社会；即消极的亦必致自己一身，养成许多不能抵抗外界的侵袭和引诱的缺陷，身心两面均感着很深的病弱虚怯，永远如负重伤了！

当我年幼的时候，我的父母疼爱我，不免时时予我一种万分爱护、万分珍惜的暗示。出门时，总要叫老妈子跟着。走路多了，便再三埋怨——必使你坐轿或乘车，他们才心安。每天必好几次说："你可不要受了凉呀！"绒被絮，皮垫褥，三两床把你盖得紧紧的。偶然吃一点贱价的食物，他们便吓得咋舌瞪目："这还了得，这东西也吃得么，你是吃这东西的人么？"从这种家庭教育之中，把我这一副洛克（Loeke）所谓"好像白纸一样"的头脑，催眠成了一个对于外界任何事物都居于自认怯弱，和自觉贵重的状态。一旦父亲死了，家产破败了，虽然已从万丈高峰坠下了深壑，然而对于自己却还依然爱护珍惜之至。而且，在那"身体发肤，不敢毁伤"之外，还更一任自己的骄贵的"少爷脾气"，喜欢怎么便怎么。除了"性"的生活及鸦片烟，至于今日我还未曾经验过之外，其他一切世俗恶习，只要是为骄贵之人所享用，而又足以使身心暂得安逸舒适，或得到一种异样的刺激之愉快的，我可说是没一件我没经验过。一叶初黄、清霜甫降之时，便愁着"今年的皮袍恐怕又嫌薄了罢？"横顺总想着自己是一个读书文人，身体是先天的弱的——而且是会一年不如一年的，皮袍穿上了，但还差一双毛袜，那心里必总觉得如失掉了什么。稍刮北风，便缩颈深藏——一若沈万山的女儿，生怕过一个天井，便晒破了嫩皮。如此类推，一切生活起居行为，二十年来，自己竟把自己弄成一个对于外界毫无抵抗能力的弱者。幸喜心理方面，还没有种下恶根至如此之深。对于人间的是非、真伪、善恶、好丑，反而格外比别人分得仔细。人格上还不肯稍自放松，瞒心昧己之事，还是始终不肯做——不忍做，虽要做也做不下去。然而这也自有原因——也是成于一种习惯。因为我自小时，即熟读《离骚》《项羽本纪》《游侠列传》《刺客列传》《水浒传》《正气歌》……一类的文字。不知不觉之间，把一个正在伸展过程中的儿童心理，养成了一种清高、孤僻、浪漫、豪侠、疾恶崇善的习惯。因为心理方面还有这一点并不算什么正大，不过比较的还算正大一点的习气，所以才在"五四"的时候，能够去读那些类于"文艺复兴时代的精神"的一般的赤裸裸的东西。因此，才恍然于二十多年来的物质生活，在生物学上，是违反自然；在真正的人生享乐的希腊主义方面，又实为一种卑下的罗马肉欲；而尤其令人不能一刻无疚于心者，则是在社会道德方面，发现自己是一个完全只知有我的"自私者"。这样，我自己的灵明的上帝——我的方寸中的智慧，才把我从一种极其苦恼、矛盾的生活中救了出来。当我家中已经没有晚饭米了，我还要对于那无烟冷灶，筹划我一旦得了我职业时，怎么样换花缎或摹本的皮袍面子？当我在我仅有的少数薪金中，计算只有五、六元寄给我那可怜的以青年守寡抚我成人的慈母时，我还要抽出二百文来，买两盒盗牌纸烟。无论如何为难，无论如何赚钱少，身心上那些卑下的物质生活之要求，总得满足。唉！这种矛盾生活——在贫贱里的一副富高贵脾气，若不是我的父亲替我栽了那一点傲岸的旧文人的所谓"气节"之根；我能够不一失脚跌到一种"无所不为"的大海里去么？好了！"五四"以后的赤裸裸的学风，自然主义的文艺，做了我的一面镜子，反映出自己的可憎面目——救了我出来了！返朴归真，从新在我自己的枯骨里，找到了"我"之本然的自身。戒了一切恶习——最后戒了那连一分钟也不能离的“纸烟”。朋友们听我自传到此，或者要为我庆幸罢？不幸！你们应该替我永远悲哀。心的素习是革去了，因为心之偏爱而成的许多物质的嗜好，是革去了——然而……。然而拉马克底“生物的器官因用不用而成为发达或萎缩”的定律，却在我的生理组织上，明明白白显出了科学的实验的成效。还我本来面目，去过那真实的人生生活，为什么要穿皮袍呢？为什么要住较好的房屋呢？为什么要这样呢？那样呢？是的！然而，糟了！你不穿皮袍么？在你的心理上，固然是无所不足！但你的身体却像泡在冷水盆里，硬撑一天，第二天你便病了，你以为大北风不要紧么？对不起，你一出去，你便伤风、咳嗽、发寒、发热了！你的纸烟是不吃了，然而你的双目却被尼古丁的毒质损伤了——从此你走动一步，便须多出一层麻烦——你须得不要忘记了那配光的托力克。从前——本来“抟扶摇而直上”的野雉，现在已被长时间的人为淘汰，弄得他只能徘徊阶前，而不能奋翼飞三尺远了！医生按了脉，或是听了听筒，没一个不很惊奇的望着我这个外安内扰的无病的病人。“你的身体原极强壮，怎么被你自己弄坏了？现在你内面还是很壮健，外面却虚弱得很！”或是“你的先天极好，可惜后天弱了！一只轮船的机器的马力极好，只是两舷的钢板太薄。”“腠理不密，毛孔不紧，稍受风寒，便尔成疾——稍下热药，便即吐血；因内本强也；不以热剂发表，而皮肤感冒之疾，又不能祛。”苦哉！近两年来，我是几乎长与药罐为友了，这怎么办呢？吃鱼肝油，洗冷水澡，也都试过。好，不加别病而已；不好，则反加别病（如冷水浴）。除了这样活下去，让上帝来重新改造还有何法？

朋友！这怪谁？只怪我自己把我放在那“反锻炼”的环境中太久了耳！我现在要说一句“不科学”的譬喻：生物之成长、生活，一如物理学上的物质运动，它是有惰性的。你若不时时把他向水平以上积极地激起，他便马上向着水平以下消极地堕了下去。大自然安然行它那残忍的优胜劣败之淘汰，便是在不断地激使“生命”向上进化。人若要自己支配自己，便应该一刻也不放松的去有意识的锻炼自己。斯巴达的宪法，真正是自然的化身，真正的生命进行的轨迹之象征。胼手、胝足、栉风、沐雨，实在是生理的本来要求——宇宙的本来意志。崇善、疾恶、为他、舍我……种种道德的胼胝栉沐，也是一样。你本来是应该天天在这种锻炼中的；你若一时不在这种锻炼中，那么，你便是有一时在和这相对的反锻炼中了！我的身体之不耐自然气候之变化，和上海洋场上野妓之不知人间有羞耻事，都是一样地出于一种“反锻炼”的结果。

现在，我要请大家想想，大家每日的生活，是在一种正体的锻炼中多些，还是在一种非正体的反锻炼中多些？从在床上睡觉的姿势起，一直到上课堂时我们对于功课的心情与态度止—— 一件件地想想一看！“枯鱼过河泣，吾悔无终及；作书与鲂屿，相戒慎出入！”你们是不晓得这种反锻炼的结果之苦，你们若一旦陷入，你们那时便晓得“枯鱼”是如何的难过了！

况且，我们这些青年，不是常常说：“我要改造社会么？”改造社会，首先需要一个强健的改造者。锻炼身心，使抵于至坚极强，使成为尼采（Nietzsshe）所期望的“超人”那样——是一个先决条件。我记得当我的慈母死时，南京有一个姓杨的朋友来吊唁，他叫我“要为敌人而珍重。”敌人！不就是我们所要改造的社会么？我现在自然不能藉口说我的身体弱了，便卸去我所应负的改造之天责；但我却敢忠告诸君，一个人如果身体不好，那么，他无论做什么事，总是要多少受些掣肘、痛苦，不良的影响的。

我所说的我自己的病状，虽然是偏于生理的方面。但我希望朋友们预防心理的坏习，也和预防生理的一样——最好，是较预防生理的更甚些。而且我们尤当知道身心是相关的。纵然你现在似乎觉得你的心理并没有坏习，只有一点纯生理的嗜好——譬如喜欢穿好的衣裳，或喜欢吃酒，这本不能就牵涉到人格问题。但若你习久了，或是身体已经不健康了，那么，生理的要求，还是会有时叫你的心理坏起来的。“饥寒起盗心”一语，便是表示生理之能变更心理。反之，心理之于生理亦然。我自己的心理虽然从幼就受了一种“正经”的暗示——但“正经”却是有时好，有时不好的，譬如关于性欲方面，我从未爱过正当的性教育，而徒有一种“我应为一个正经人”的自心命令；于是禁欲和做“表面君子”的结果，遂陷我于惨酷的手淫戕贼中——前后几至十五年（我说出这个秘密，希望当世教育家和一般迷恋死骸的国粹先生，快些从血海里多救些男女青年）。而最怕的，是生理的与心理的以同速度同方向而下堕，我若不是心理方面，还存着一点光明，则今天就决不能写这篇文告朋友——罪恶之流且不知载我“伊于胡底”也！

原载《学生》杂志第11卷第6期，1924年6月5日

驱逐教皇和凯撒

杨钟健先生在《共进》半月刊上，说中国现在所有的大学，除极少数几个，可以勉强算作大学之外，其余不外两组。一组是外人底势力——尤其是宗教势力下的大学，如：北京的燕大，南京的金陵，杭州的之江，上海的约翰，武昌的文华，广州的岭南等。一组是一些仅识之无或目不识丁的武人所办的，如：曹三底河北大学，张胡子底东北大学，唐继尧底西陆大学，刘镇华底西北大学等。外人办的，是“如同英美烟公司以香烟入中国，遍街送人吃一样。教育底背后便接着：宗教的侵略，经济的侵略，以至政治的侵略。”军阀们办的，便不外是“（1）钓得热心教育的名誉；（2）为自己多养些走狗”。

杨先生把一般外人所办的教育比做英美公司散发香烟，我觉得不如比做该公司底哈德门香烟广告。这广告现在是已取消了，但我还记得，它说：“以中国烟叶，用中国人工，在中国制造。”触目惊心，活龙活现地把一个在列强经济压迫之下的半殖民地之中国象征得清清楚。英美烟公司，什么都是“中国的”；就只有资本和用那资本所掠夺而得的剩余价值，不是“中国的”。同样的目的，伪善的牧师们，笑面毒心的神甫们，就用了那“为华人而办的”教育，把我们都成功唯命是从的“孝子”。现在，我们底青年对于这哈德门教育，虽然还在甘受；但也有了些反抗之声——不过还差一步，须得全青年界，组成一个一致的散兵线去夺取敌人底阵地来自扎营盘罢了！

只有对于武人所办的活奴隶制造所，却至今还没有一个人觉得它是把自己在当肥猪豢养，而有所抗议。我们单只反对外国人办的教育，而置此在帝国主义之下苟托生命的武人所办的教育于不问，这个错误实在是太大了！我们所以要对于外人争回教育权的，是因为我们要求一种真实的人的教育——而且是要求我们的完整的人格。然而军阀们所办的教育，根本上和外人所办的有什么不同？外人欲养成我们做亡国的奴隶；军阀则欲养成我们做犬马的顺民。顺民的培养，计日可待；到了动员令下了的时候，威廉第二底忠实的臣民——像一副机器，一块印版一样，用了齐一的步伐，同样的愚信，一往直前了！我们底出生，乃是为了这样地替他们挡炮灰的么？欺我愚顽而弄之掌上，这和我们底小妹妹玩弄伊底泥人岂有两样？我们是“人”！那么，我们就甘于受这个原来就“不以我为人”的侮辱么？至于被他们用了去巩固他们底恶势力，以致贻害社会，流毒未来，那更不必说了！朋友！我们被他们当做了犬，已是很够受了；怎当起他们再加以人为的施术，使我们发疯，更去做一只疯犬？试问我们像这样地徒只反对外人而放过军阀，我们那所谓“收回教育权”运动，又有什么意义！

我们现在历史上所处的时期，是一个“黑暗时代”。中古的专制教皇，既要求我们底意识之麻醉；二十世纪的凯撒，复驱了我们这无意识的肉体，去做纯反射的机械。孝子，忠臣！现在你们是到了应该一致联合起来，以收回“我底教育权”为共同目标而驱逐你们底教皇与凯撒了。

我再加说一句：我们在教育上的运动，应该更进一步——反对外国人办教育，反对军阀办教育，驱逐教皇和凯撒！

原载《中国青年》第 34 期，1924 年 6 月 7 日

状元老爷底“狄克推多”

南通省立等七中学底学生，在五月九日的地方小学国耻纪念会中，和驻扎南通的军队打了一场架。状元公张謇，并不问究竟是兵错还是学生错，便硬叫老韩把七中校长撤差。一个南通地方的绅士，居然能够这样干预省立中学底事情——已经令人觉得状元公底专横，未免炙手可热了！哪知他致督长的信上所说的话，更其把南通那个地方看的简直是他底私产，简直说，南通人都应该受他底支配。他底信中说：

“……南通学风，夙持严格，与各地不同，十余年来，四方学潮翻腾，南通未一熏染；地方所谨守而差自慰者以此……些次肇事情形，及中学校风不振，记如另纸（这简直是在告七中底师生了），论此细故，旋作旋平，在他处可不注意，但南通自治经营三十余年，谬托模范之声，诚不可有此歧出之玷……。”

好一个“三十余年”的“模范”，“朕即国家”，竟连这样一个“旋作旋平”的“细故”也不能容。难怪我们自从五四以来，一向便没有看见南通地方的学生说过话，做过什么事——原来是状元公一手把持，“夙持严格”，“十余年来”都没有许他们有一点“歧出之玷”的“熏染”所致。自然，像这样养成些俯首帖耳的驯奴，将来对于状元公“张氏南通”的大资本主义，便可以千稳万当一点儿危险反抗也没有了！“表章六艺，罢黜百家”；“所不烧者医卜星相之书，黔首欲学者，以吏为师”；雄才大略，千古如斯！状元老爷底狄克推多倒也真要算得是“一霸天”了！是了！“诚不可有此歧出之玷”，“夙持严格……未一熏染”；张氏底资本主义，从此可以万岁，而张孝若将来由驻外公使做到驻内阁员时，听便如何借款，卖国、在南通张氏治下，也自然不会有一个敢出一声了！

原载《中国青年》第 34 期，1924 年 6 月 7 日

隐居与避恶（通讯）

楚女：我对于我的前途，已有具体的答案。我情愿耕田自给。我这样向你说，我不怕你责我。因为我要不就此罢休，我的堕落将要不知所底。当我十几岁时候，我的脑力、骨气，并不是一定够不上一个二十世纪的青年的。但自从我进了二师，到现在一直是整日的向堕落方面走。吃烟，打牌，我都学成了全的。你看还了得了不得？我吃烟打牌是从那儿学会的呢？因为人家的讥笑我，说我不入局，不随时。那时我的意志薄弱，不知道真是真非，遂以为人在世上，都是这样。既然入了人的牢笼，也不过是这样鬼混罢了！现在这些恶习惯，已然尽量地占了我的脑海；牢不可破。我现在不愿意将我高尚清白的心地，再给恶社会的糟踏了——所以愿意回家过我那“自食其力”的生活去！

程钦：你底过去的多罪的生活，能这样地老实公开出来，这要算是在青年中很难得的。现在青年朋友，有了罪过，他们不但不肯自承，并且还要找了种种无聊的理由，以“文”其“过”而“饰”其“非”。或者，他们就简直一点儿也不晓得他们所做的是罪恶——这等人醉生梦死，那便令我们更其只有可怜他了！你说你所犯的恶习惯，“已经尽量地占了脑海，牢不可破”——这话，我看不见得。因为你说你“现在已经不愿意将高尚清白的心地，再给恶社会糟踏了”！有此一觉，何事摆它不脱？那些习惯，根本上都是起于一种“自我表现”的虚荣心。你现在既有了“自食其力”的觉悟，即是已经开始打破那世俗的虚荣；而另觅得一个目我表现之新途了！顺此而往，自有一种新的生活意义，在你底身心两方面伸展起来，更何必一定要回家，然后才算能避去罪恶，保全人格？一个人只怕没有彻底的觉悟，有了彻底的觉悟，虽不远离罪恶，他底人格自会保全。如尚没有彻底的觉悟——譬如你只知烟赌（象征一般罪恶）不好，根本上却并没有痛恶它的决心，更没有再进一步去与烟赌为敌，必使烟赌消灭于人寰的决心，则你就跑开了烟赌，又有何用？真正的君子，不是怕犯罪而避开罪恶的人，乃是当着罪恶中，而不犯罪的人。“人”的意义，更不是消极做个好人所能显得出来的；是要在积极方面，不但做个好人，而且去做个奋斗的好人；不但做个奋斗的好人，而且去做个永远奋斗的好人的。这便是说我们应当从罪恶的重围中突骑挺戈而通过；不应学那愚笨的鸵鸟以不见敌人为安全而去回避现实。况且“人格”两字，是在社会中，和他人相对待而见意义的。譬如你若一个人孤独的居住在首阳山中，朝对飞云，暮听寒蛩，你纵然是个白玉无瑕的孔子，那所谓人格又有什么意义？朋友！你若要历练你底人格，使你底人格高尚——只有在社会的奋斗生活中“为人类而生活”的入世宏愿里去获得！隐居，不但未必就能避掉罪恶，即令避掉了，那种怯懦的成功，也不是我们这二十世纪的青年所当希冀的——赵子龙应当在长坂坡前杀个七进七出呀！至于回家耕田以自食其力的生活，我们并无理由可以反对，而且在相当的交点上，还当加以崇敬。我不是反对你为农夫，我是反对你那“长为农夫以没世矣”的因愤而成的“远罪”底无力之叹息！我们为农，并不就是与世隔绝，并不就是“不知有汉，无论魏晋”。农工生活中，可以为社会为人类尽力的地方正多着哩！方今中国，“民众的沉闷”已达极点，正待些有志青年，“到民间去”唤醒那为组成中国民族之成分古有百分之八十几的农民，以为改革之基础。我相信你已有彻底的见悟，我极钦佩你为一个自食其力的农夫，我尤知道你是一个很沉着而能十的青年——我这封答复你的信，就算是一篇送你归农的序罢！

最后，我赠我底朋友两句话，便是我希望你做个隐居庐龙山中躬耕以待时，始终以救世为心的田子春；不要做那“或命巾车，或掉孤舟”的陶靖节。

原载《中国青年》第 34 期，1924 年 6 月 7 日

艺术与生活

“艺术”，到底是不是专为人生而有的？这已是二千多年来哲学、美学、心理学上的一个很古老的问题了！在我们相信唯物主义的人，自然是以为所谓艺术，就是“人生底表现和批评”；但在相信二元论的两重生活的人们，却也自可主张他们底艺术至上主义，说艺术就是艺术，它底本身自有价值。我们很原谅二元论者所以要如此主张的动机。他们无非是在他们底那种二元论的系统的生活中，觉得他底“物质的我”所过的“现代生活”，不能使他底“精神的我”满足；所以他就要在他底自我催眠的幻觉世界里，开辟出一个“武陵人捕鱼”的子虚乌有之乡，以自安慰。这，在个人的同情心上，我们只有可怜他们，更不忍加以责备。譬如现在有一个丑女人，伊底内心实富于甜蜜爱情，只因太丑了没人爱伊，于是就只好在伊底心中假想着说有一个人爱伊，而且他的爱情的比世界任何爱还要更加浓厚——像高尔基在他底《她的情人》中所写的，甚至于一个人在那里忽然而哭，忽然而笑。我们对于这个“伊”还忍去破坏伊底梦游佳景，一定要向伊说“你是在做梦”，而不让伊去享受伊所要享受的生活么？所以我们对于这种人底人的生活，除了同情之外，是不能更说什么的。然而这种人却每每不单只把他自己埋在幻觉里，他每每要把他幻觉中的蜃楼海市，当做真实，向别人宣传——传教般地把别人也拉了进去。这，不啻是要叫人们都陷于催眠状态，而使外界的一切罪恶愈益滋长。故在社会的伦理上，这派主张为艺术而艺术的朋友，那就不但是“愚不可及”，愚得可怜，而且是成了一个拥护罪恶的罪人了！他们不知道现实的“不良”，不是他们那艺术至上主义——徒然对于现实取一个超然高视的态度，取一个眼不见心不烦的主义就能使它“良的”。你尽管眼不看罪恶，罪恶却还是永远无恙地确实存在。他们又不知道天下人不尽都能和他们一样——都能像他们把自己分成两半个，一个物质的我尽管吃饭、穿衣、睡觉，天天与现实为缘，在现实之中，沉陷于他们所不满意的所谓物质生活里；而另一个精神的我则游心于八表之外，鸿飞冥冥，固执而且诚恳地自欺着，把假的当做真的。他们自己固然是在幻觉中快活了，别人就只好永远坐在地狱里。这，不更见其是自私，是唯我，是自私唯我的个人主义了么？所以我们在这样的道德上，对于那所谓“为艺术而艺术”的朋友，已经是不能不极力地为了社会而反对他们了！

哪晓得他们这般朋友，还有更进一步的论调，益发违背真理？这便是他们因为主张艺术至上，所以要求艺术的创造自由；因为要求艺术的创造自由，乃倡为世间一切皆为艺术所创造之说；竟把生活和艺术底事实的因果，颠倒转来。他们说“艺术是情感的，艺术应该反对理知”。这话自是不错！他们又说：“艺术的创造，应该是自由的，不应该被现实生活所束缚。”这话就要看在什么样的要求上说了！当我们底情感要求一种表现时，我们是应当要“为要表现的那个要求而表现”；确是不可因别的在那个“要求”之外的原因而表现。譬如我们当要做一篇小说来表现某种的人生断片时，我们底表现——即我们底艺术制作——是应当为了要表现这段人生底那个被现实所刺激而起的内心冲动而表现；却不可因为是要供他人娱乐，或社会的嗜好，或因得金钱而表现。但主张摆脱一切束缚，解放艺术创造的朋友们底意思，却不止此。他们是在要求艺术界的安那其。他们说艺术创造一切，一切古今制度，都是艺术创造的；只有艺术能范围一切，一切却不能范围它——所以艺术家底生活，才是心灵自由的真实的生活。这是比前段所论的那些主张为“艺术而艺术”的朋友更进一层迷惑人了！这一来，简直不啻是说“凡是艺术家都应该是个无政府主义者；只有像无政府主义者所讲的那种摆脱一切的艺术，才是真的艺术；才是真的人生，真的生活”。这话是真的么？艺术创造一切！那么，在未有人类一切制度之先的艺术是些怎么样的艺术，这些艺术又怎么样包含了以后的那些制度乃至一切——历史上的科学的逻辑何在，事实又何在呢？为什么在渔猎时代、游牧时代，表现不出现代的伟大建筑呢？为什么没有和西洋交通以前的中国，竟没有人知道创造欧洲型的艺术品呢？物质和时代，明明地范围着人；却偏要说什么艺术能够范围一切！艺术是什么？你们不是说他是人底情感的表现么？人底情感，能够脱离现实生活而游离着吗？大马路上一个女人向你瞟了一眼，你底情感将会怎么？设若你得了胃病，消化不良时，你底情感又怎么样？没有见过火车的乡下人，绝不梦见火车；聪明的康德先生他没有住过我们底上海，当然也不会有像我们现在在上海生活中的这一切情感。老实说罢！朋友们要求相对的艺术创造自由，是对的；若像这样绝对的否认现实，故意颠倒事实底因果关系，那便不对了！艺术，不过是和那些政治、法律、宗教、道德、风俗……一样，同是一种人类社会底文化，同是建筑在社会经济组织上的表层建筑物，同是随着人类底生活方式之变迁而变迁的东西。只可说生活创造艺术，艺术是生活底反映——艺术虽不能范围一切，却能表现一切。只可说艺术的生活，应该要求表现一切的自由，却不可说艺术是创造一切的。

原载《中国青年》第 38 期，1924 年 7 月 5 日

青年们现在可恍然了吧？

我们向来就告诉青年们，说：在现今这样的一个中国国家里，要想好好地读书，要想读一点像样的书，只是做梦。我们常常向着青年们像念经一般，叫每个青年都去加入革命的战线，立刻用了“正义”和“光荣的死”去与那军阀、官僚、名流、绅士、学者、教育家、帝国主义决斗——那才救得出自己，救得出他人。我想青年们现在可该明白了吧？北洋大学不是国内号为很好的一个科学的学校么？为了一个冯熙运，是竟叫你们流血、痛哭，终于被虎狼的军警两个夹一个，弄得你们喊天也无路了！厦门大学不是那慷慨爱国的资本家——还有些人羡慕而崇拜他的那个陈嘉庚办的么？我们以为它是超立于政治潮流之外的，大概总可以给我们一点“真货”了吧？然而怎么样呢？被关在房子里痛打了犹不算；到底还要逼得你们全体流离于上海！吴淞水产学校底朋友们，尽管写了斗大的“情愿流血，不愿出校”贴在校门上，张沙两蠹还是有本领叫了武装军警来赶你们滚蛋！中国公学中学部的五十一个男女那就更其可怜了！你们想赶走陈兼善么？你们也睁开眼看看！社会有几人同情于你们？你们底宣言，你们底行动，就是那素以有闻必录自号不党的《申报》和那曾经有一时期用《学灯》来结交青年的《时事新报》也不肯替你登载一个字！至于圣三一、圣心、协和，除了落得个“全体退学”和“全体罢课”，还有什么？朋友们！这该知道了吧？该知道他们那些军阀、绅士、官僚、政客、名流、帝国主义是站在你们对面，原来就组成了和你们对敌的一条战线了吧？他们有兵，有枪，有钱，有舆论机关。你们闹么？可以杀死你们，可以杜绝你们底求学之路，可以经济困你们，可用舆论机关毁败你们，消极的不睬你们，积极的就说你们是胡闹。你们喊天，天高了；你们告状，还要等包老爷出世！你们除了降服，只有死！你们不甘于死么？那么，你们只有加入国民革命！你们一天不把政权夺到代表你们自己的革命党手上来，你们莫想有你们所梦想的日子过！你们如不去先做这一步先决的工夫，你们就应该服服帖帖地去做军阀底猎犬，做名流绅士们阶庭之间的芝兰玉树，做资本家机械，做帝国主义底顺民！“汉”与“贼”是不两立的，诸葛亮久已告诉我们了：“不完全则宁无”，那更是在我们青年人所应践的哲学！现在贼在当前，我们吃它底苦已经够了！不完全则宁无——我们还不赶快在国民革命的联合战线上去狠命地放我们底枪么？

原载《中国青年》第 38 期，1924 年 7 月 5 日

我们应无前提地做好人

现在有一种戕贼人性的无形的传染病，暗示地弥漫于我们青年社会。我们常常听见我们中间底许多朋友，愤然作色地说：“现在举世滔滔，都是一丘之貉，我又何必独自立异”？再不然，便说：“人人既都已不愿为好人，而且敢于为恶人；我为什么又要一定去为好人呢?”我老实承认我底神经过敏，我觉得我们青年们倘若真像这样过下去，那便简直是人类在那里自杀。一个“人”，到了要去做一个好人的时候，都还要在和他人底行为上去作比较，都还要先问一问是“为什么”；则世界的文明进化之根本，试问还有什么样地方可以托足？我想倘若已往的古人，也曾照我们现在这样地计算过，那么，一切的革命的历史，便都不会有了！要晓得世界所以能够有时代的变换，显出他底进步的成绩的缘故，**唯一的便是由于像我们这样的青年们，能够“尽其在己”地无条件地去为好人。**

自然，胡适之先生所说的是不错的：我们对于我们底生活，应当要求一种意义。“为什么不把大姑娘底小脚放了”？“为什么大嫂子脸搽了那么多脂粉”？“为什么出棺材要用那么多叫化子”？“为什么这个；为什么那个”？但是，我们可不要误会了！胡先生所说的，不过是教我们怎么样去管辖我们底生活，却并不是叫我们去怀疑我们底“本身”之存在。我们应该以我们底意识，去问我们究当如何生活法，我们却不能对于那生活底本体之“我”——即对于生物学上底一个“人”——发生什么疑义。煤炭，我们是可以商量怎么样烧法的——在壁炉内或在地炉内。但煤之本身之燃烧的能力，那是已先我们底“商量”而存在的，**倘若我们对于一块明明白白具有燃烧能力的煤而竟商量及于他底本身——竟去怀疑他可不可以燃烧，那便直是在否认他是煤炭了**！同样的道理，一个生物学上的“人”，是不容我们去问他究竟应不应该为善的。**“人”这个字，本来就是宇宙的向上伸展，生物底“究竟觉”“善”之完满的表现底象征。在伦理学上成为问题，只是人应当怎么样去为善。“人为什么要为善”的问题，根本上是一个否认煤炭是煤炭的滑稽**。无论什么古怪的形而上学家，他可以有世界究竟是心是物的疑问——但他总不能发一个“人”究竟是不是“人”之想。

“人”，在伦理上既是先我，先我们，先一切人类而存在的一个真实的本体；“人”之必不可不向善，又是一个出乎宇宙意志的本然的内在条件。换言之，便是人之不可不为善，乃是由于长时间生物进化之唯物的结果；和煤炭之由于构成石炭纪的植物之唯物的形成而使之蕴有可燃性一样。那么，除非我们从来就没有为“人”——就不是人——或是有一种神秘的魔术把自己立地由人而变为非人。不然，则我们既已为“人”，既已是世界上一个人，我们就只有尽了人底本义，去无前提的为好人！这个逻辑底体系，便是：

“因为我们是‘人’”；

“所以我们必然的应该为好人！”“人”，就是所以必须为好人底前提。

“举世滔滔，一丘之貉”，和许多人都敢于为恶人，这固然是我们应该引为愤恨的。但却不可误认这就是足以证明人之不应为善。他们底不为善，他们底敢于为恶，只是他们没有人的觉悟，不知道人之应当为善，或者是不晓得怎么样去为善罢了！对于这种人，这种世界，我们愤恨，但同时我们亦当怜悯，尽其在我，改善而拯拔之——以我这个有了人的觉悟的人，去救那些现在尚没有人的觉悟的人，所谓以先觉觉后觉，乃正是我们底责任。他们之不为善，正是因为我们还没有尽善。我们应该做出善来，给他们一个榜样。因此，则我们不但是应该在我们已是一个“人”底本分上应为善；而尤应以“我不入地狱谁入地狱”之悲悯心，更发一大宏愿去替他们为善。我们应当从愤恨中，去积极地救那些被愤恨者；我们不应当消极地反去加入他们底队伍。

我说上面这段话，我是有所为而发的。我见着现在许多学校中，因为有一部分坏的同学不向上，致使学校中生出些不好的空气。好的少数人，每每思想而有以易之，辄以敌不过他们而气馁；或是被他们嘲弄、讥诮、骂詈，因而灰败了心志而出于愤恨。于是反动的结果，就一个个都去“汩其泥而扬其波”！天下大局之坏，也都是由于这一轨道。朋友！我们能够这样么？？自己底良心，现在的时势，能够允许我们这样么？我希望大家把我这篇东西仔细忖量一下，不要再在那里戕贼人性，戕贼社会文明之向上呀！

原载《教育与人生周刊》第38期，1924年7月7日

烈士郑希曾传

郑希曾，生于湖北黄安县七里坪。他底父亲是个秀才，在从前读书人中，要算是一个“异教徒”。他不恭维“儒者”，不讲究“礼教”——为人洒脱，好为翻案（？）的论议。我们晓得从前的读书人，若要反抗社会上的传统习俗，每每总是托于浪漫的精神以自见——用那“放浪于形骸之外”的态度，以表见其“高超”。他便是这样的人中之一个。烈士后来所以能成为一个义侠的人，实在也是由于这样的遗传和这样的环境所造成。

七里坪是一个乡镇，交通异常不便。在那种社会里，什么新的主义、学说，自然是无从传入——何况又在那样一个早年的中日战争之前后！先天赋有反抗性的人们，只不过表现着他底单纯的本能的反抗罢了！所以他那时在他父亲底教育之下，只读得些什么《项羽本纪》《游侠列传》《刺客列传》一类的东西——只感得一种无可言说的对于环境之不满。他不能知道他是为什么要不满，并说不出一个所以不满的理由，更不知要怎么样去解决他底不满——他只是天天觉得他底那个社会，那个家庭，是“不可居”，是“要不得”。这种茫然的内心冲动——这种生物的前进的要求，遂使他和他底父亲一样（在幼年时候）就常常被那些所谓“安分”的庸人们，绅工们，视为“不可思议”。

只因家寒；虽然张之洞那时在武昌大办学校，他却终于没有一个机会能够一观“上国风光”——当他十四岁的时候，他还是很吃力地奔到他本县的高等小学！他在这个学校里，却受了更多的激刺。什么割地、赔款、义和团的事情，也自多少了解了一些。同学中，有个包贡九，是一诗酒豪放的人，动不动抚事生悲，做出些激昂慷慨“击碎唾壶”的态度。又有一个毛厚庵，却又沉默寡言，胆大敢为；有什么事临到他，他却总不会像别人那们痛哭太息，他只去“做”便了。郑君介于这样的两个朋友之间，遂把他那从来的浪漫精神激起得越高，而同时却又渐渐地倾向于“实践化”。

一九一一年同盟会举义武昌，他这时正是二十岁。他未学过政治，当然不懂得什么叫做共和。他只知这个天下是应当要改革；这个革命党是应当要赞成罢了！单纯的义侠不平之心，使他进了高尚志所统的卫戍第一镇——革命军中去当了“兵”。他那时很得意，他满以为他将可以从此用了他手中底枪，去杀他所不满的人了！哪知结果却被调了去防守阳新县的一个锰矿。于是他便老大的不高兴！接着又听见什么孙武和张振武、蒋翊武争权，黄申乡闹二次革命——他那一向崇拜着的伟大的革命，乃从此被这瓢冷水浇了下来，他很茫然地哭了！他看见世上所谓“革命”，乃竟是这么一把交易；所谓革命党同盟会的人，乃竟是这么一种升官发财的商业主义者！还干什么呢？退伍罢！从此，他便领了他底五个月的恩饷，投入武昌一个私立的农桑专门的新民实业学校——意思是说国家事已不可为，不如自己学一门谋生之技，长为“老圃”了罢！然而他住这学校，对于农学倒没有学到什么；反而精读了一些世界的政治——社会哲学。

定理：凡是生来便带有革命的血液的，他底血管里是永远不会冷静的！宋教仁被杀了！国民党四督底义军完全败绩了！痴肥无用的黎元洪被群小挟持着做了屠户，滥杀民党——几乎弄成一个非人的世界了！这样还能忍得下去么？唯物的趋势，遂又把他驱入了铁血的革命生活。记者就在这时才和他会合着。从癸丑九月起一直到甲寅七月，我们做了些什么呢？说起来，可真好笑，可真要算是“愚不可及”！我们那时以为革命只是“我们”底事，并不知道历中上的教训——革命底成功是要建筑在民众的生活上的；并不知道社会的经济的条件是支配着一切的一个总枢纽。那时，只受了兴中会、同盟会以来的方法的暗示，以为只要我们能够联络得一些会党，一些现役兵，我们便可重做那赶走瑞澄，骇跑张彪的好梦！至干赶走以后怎么样，在我们去并未打算；然在有些人心中，或者是早已预备了他自己底功名。作恶的、下品的、无人心的湖北民党，遂利用了这种浅薄、卑劣，可耻的革命党心，来把青年作成他们底“商品”。为存厚道，为留感情，那些详细现在倒也不必再说！那一个年间，我们是梦然地为所谓国民党做着那“跑龙套”的工作！自然，这样的革命，如何能成？大家闹乱中国，愈使吾民焦头烂额而已！“世故”浅的我们，到了甲寅夏初，才渐渐晓得高妙的革命“营业”，殊非“人”之生活；才晓得在湖北襄河流域一带，有所谓“款先生”“革先生”一类的用了手枪，借了革命，强迫人民捐款而行同劫盗的朋友。然而，我们已不复能够自由，老虎背上坐着，也只好跟了所谓“同志”“伟人”们去掩了！

甲寅六月，有一个张国勋、一个萧勋，在汉水沿岸一个很小的市镇，叫做脉旺嘴的地方，宣告独立。他们抢了本地团警底枪，打了一顿儿戏之仗，败了！这事，在革命事业上说，我们却也可以把他看成高丽人之反抗日本，或新芬党人反抗英王国一样——不能不说是有些浪漫的价值。不过在一个正式的革命政党，总觉得不应该让这样的无组织的盲动发展开去罢了！脉旺嘴败军，约有七八人逃到武昌。当时郑君住在一个学生宿舍内，败军们刚刚到了那里。本来不相识，只因同志中有一位沔阳人孙仲刚，才彼此介绍了！义侠的郑君，对于这些战败者，除了同情，还能有别的找算么？抵掌痛谈，才恰恰合了他底浪漫的老脾气哩！哪知败军之后，是有侦探跟看的。次日黎明，便重兵围困—— 一条铁链，遂连郑君、孙君一并锁去了！

这时，是段芝贵督鄂，酷用毒刑，逼取党供。据说有时将党人浑身乱打，打得血肉横飞，热血淋漓之时，便将生麻皮整块贴上，待乾后，再一丝一丝地往下撕扯以取供。被捕的人，大概都受过很重的刑法。郑君虽在此严刑之下，除了直认他自己是反袁革命之外，其他却未曾供出一人。供词内容，因当时系在极秘密的军法审判之下，故无从得知。被判决的六人——萧张及郑君等，遂于甲寅六月二十四日在汉口镇守使署枪毙。郑君死时，年二十三，有妻——未婚。关于他底妻，还有一件可佩的事，附述于此。郑君之婚，系幼时所定。及长，他那未婚妻，忽然瞎了双眼。他底父亲要退婚，他岳父也不欲使他不快而愿退；他却坚持不肯。自然这种足以为旧伦理张目的行为，我们是不应该赞成。然他有他自己底理由，他说："一个人连这样一个女人都不肯救，还说什么救天下人；一个人连这一点都不肯牺牲，还说什么为天下而奋斗"！现在的青年们，第一件事、是要找一个才色双全的爱人，似乎难免有愧郑君吧？

最可伤的，是郑君成仁太早。倘若使他能够在现在看见国民党改组，看见现在的一般赤心青年，则他底灵魂也不知要愉快到什么程度了！

原载《中国青年》第 39 期，1924 年 7 月 12 日

我们应当注意实际的社会问题

我在本刊上，虽然和我底亲爱的朋友们，见过几次。但我所说的，总不外是些关于个人修养的说话。我觉得单只如此谈去，于我们个人本身然或可成为一个“独善其身”的圣贤。然而，于世还是没有好大益处。我们现在的问题，应该是除了修养自己成个“好人”之外，还当去“兼善天下”，使天下人都因我而得到好处。

要去兼善天下，首先便会了解“天下”。因此，我们底第一着功夫，便是要去研究天下的一切内容——这便是说要去随时随地研究所有的社会问题。我们现在亦会常常地说：“我们要改造社会”，“我们要打倒军阀”，然而究竟社会底实在情形是个什么样子，我们却是茫然的。譬如说，我们要对于农人底生活加以改善，这自然是改造社会的一种工作了。但是我们中国底农人究竟有多少？他们现在所过的生活，又是个如何情状？其中，有产的农人和纯粹无产 的农田雇工，又有个怎样的程度不同？大地主、小地主、自耕农、佃农以及他们底各自的家属，对于社会上究竟需要些什么？举凡这些问题，若我们不去仔细的研究，则单只问题底目录，便可列至数十乃至一两百个。我们若不先把这些问题弄清楚，而漫言改良农人生活：则不但我们底努力是白忙而无效果可收；恐怕农人们就在我们底运动中过一百年，他们也还不知道我们究竟是在做些什么？对于农人如此，对于其他各方面，也必一样地如此。所有的社会情形，我们都当于无论什么情况之下，随时随地加以研究。自然我不是说我们应当抛了学业，去像游方和尚一样，专做那种事业。我是说，我们应当在黑板、课本、讲堂、研究室之外，同时注意于社会问题。

至于社会问题要怎么样注意法，那也是须得预先筹议一下的。我以为我在未去研究社会问题之先，即当先具一种足以认识社会问题的常识。有好些人，对于好些社会的事实，并不能认识他有些什么价值；因此便不知道，去注意他底变化，研究他底关系。譬如南京城里，街道上沟渠底污秽，荒地里青草底茂密，在懂得相当的卫生学的人，便会知道他是与南京市人底暑期生活有关系；而成为南京人死亡率中一原因的。如没有这相当的社会常识，对此必不明其因果关系，而不认他为一种社会问题之材料，去加以研究了！对于这种社会常识——社会问题之认识力的培养，应该是在平素多看些关于社会经济上各国的实际调查文字，及各种专门的著述（如《遗传论》《犯罪学》等）。

第二步，便是我要我们去留心调查社会上一切实际所发生的事实。这应当如我们在研究植物、解剖动物时一样的耐烦。大至于一个国家底政治上之变动，小至于一个小孩之死亡——都应当像照相一般实地把他一一记录下来。记录的结果，是集许多材料而分门别类的加以整理。整理中，便可以分析的或综合的统计起来，而找出他底抽象的变化之规则，因果之关系，而制成你所研究的那个问题的定律。这样，你将不但感着你底研究并不减于任何学术之研究的兴味；而且你一定可以对于“社会”这个东西得到一个全部的或一部的真切明瞭的概念。于是你当对于社会有所议论或着手做一件什么事时，便自然不会与世相违，而一定总有些可期的好效果，可以得到了。

朋友们！中国现在是水深而且火热了！我们既属于一国之知识阶级，对于一国底存亡盛衰，便应担负绝对责任。我们现在是正处于这个不贷的地位；我们若不研究社会，我们又如何能去担负？一切学问原是为了生活上的应用，我们才去学的呀！埋头于为学问而做学问的朋友——尤其是一般劳精疲神于所谓“国故整理”的朋友，你们且把你们底有用精力，有限光阴，向着社会罢！

原载《教育与人生周刊》第39期，1924年7月14日

散　论

社会主义与我们的“社会生活”之意识

不须什么哲学，在直觉上，我们就可以无前提地说：“人类是应该意识自己的！”

不错！自从有了人类以来，人类的一切活动，不就是他所以意识其自己的活动么？一切文化的形成，只是这个意识自己的活动之过程而已！哲学、科学、艺术、历史——记载了这个过程的余像，负着我们，伸向未来。世界无尽，我们的意识自己之活动也无尽。

十九世纪以来，我们这个无尽的活动，才得到一个偶然的机会，加了进行的速率。这便是由于我们在时间的机关车上，新添了两只锅炉，发生更多量的蒸气—— 一只是达尔文（Charles Darwin）底进化论；一只是马克思（Karl Marx）底经济学。

我不明白我何以会这样“思想”，“动作”；何以会有了这么灵敏的一个“心”，这样方便的一双“手”？我不晓得为什么要生出我——生出这样的一个我来？这问题，在达尔文以前，我们只能有一个假的解释——话很简单，便是“上帝要这样，就这样造了你；所以你就这样了”！那时，我们是从这个假的解释；意识我们自己。自然这只是个心理的自慰的意识；在现在的我们看来是可笑而且觉得还是只当没有意识的——然而当时却很足以使我们生活上感着满足。无论什么事，只要在我们的生活上觉得满足的；便没有什么问题——我们便可以很安然地生活下去。但是时代的前进，大概是被镶嵌在宇宙的大机械里罢？！他在途中，总要遇着些他不愿遇着，或是他不知道要遇着的唯物的新境遇。相互的影响，自然就使我们向来觉得满足而可以安逸生活下去的生活，也随着生出些唯物的新要求和新意义来。譬如在未知用火以前，我们是安于生食的；偶然发见了火，且偶然发明了火食了，那么，我们的内部人生观、欲望、思想和外部的食品、用具、烹调方法……便要或多或少或急或缓地起一番革命了！是这样，唯物的社会之演变，与唯物的科学之蜕衍——达尔文先生也就被唯物的时代要求，推举了来为我们谋那生活的，哲学的新的要求与新的意义之满足了！他证明了我们是怎么样才有个思想、这个心、这双手、这么聪明的动作。他在很远的古老世界里，替我们找着了共同的祖母——细胞。他叫我们知道我们是如何由我们的祖先而变成"我"。并且是什么东西叫我们变成和用怎么样的方法叫我们变成的——也一一的说了。这样，我们一直到现今，才算得了一个比较近真的"自己"之意识——自然，这个意识，说不定还是个完全假的，不过较前是已经很真了！

现在，对于我们的个体，换句话说，便是对于我们的身和心，是暂且了解了——意识了！我们生活上，关一己的生理的和心理的秘密，可以姑且不使我们感着苦闷——因为有什么病痛，我们都已知道他的比较近真的原因和过程，而能够对症治他了！但是在我们底身心之外，我们还有个每日用以生活的"生活法"——这也是要去了解的——意识的。不然，那便是我们还没有意识得完全的自己。因为一个生理的人，在他的存在的时期，同时也是个"社会的人"——他从被唯物的环境，把他同他的叔祖父四足兽，及他的伯伯猿老大分了支各走一路以来，他就已不能离开了一个和他同类的群体的组织的生活而生活了！所以他在意识他的"生活体"之个体外，还须意识他的生活体生活于其中的那个"生活法"——这便是所谓"社会之结构与演变"。

“我们这个社会，是从原始以来，便是这样的呢，还是不然？”

“倘若自来的社会，并不是现在这样，那么，他又是怎么样变成这样的？”

“当他变的时候，是个什么东西叫他变的？”

“他在他变的过程中，是不是有一定的规则——等速率的，或加速率的；有秩序的，或无秩序的；直线的，或圆周的”？

“当他在变中所演出的各种形态，哪是好的，哪又是坏的？”

进一步呢——那么：

“过去的社会底形态与组织，有哪些我们应当采取；哪些应当警戒呢？”

“现在我们这个社会，若从我们研究所得的经验上看，到底又是好的，还是坏的呢？到底哪些是我们所应保存、扩张；哪些又是我们所该灭绝、改革的呢？”

而且：

“何以这个时代变为这个社会，一定要和那个时代的那个社会不同呢？何以同一个时代，而那美国又大异于印度，英国又不同于埃及呢？”

这些问题，在马克思之前，也和那些生物学的问题之在达尔文之前一样，我们也只能有一个假的解释——便是“一切社会的转变——治乱、兴亡、丰歉——都是上帝的赏罚；是由于你们不该在乐园里偷吃智果！”若在我们中国，那就又一样说法：“一治一乱，五百年而圣人兴”；以及什么“人存政举，人亡政息”——连那乐园智果的假定前提都没有；更何须问在“理”不在“理”？然而这些中西的“国粹”（我想洋人也必主张他的国粹的罢）解释，当时却也一样令我们得到暂时的满足与安逸。这种安逸和满足的自己生活底意识，在我们中国——至少可以说在我们中国一般有国学根柢的先生们（从辜鸿铭到章炳麟）至今还是一样——他们都还相信着纯粹唯心的人治主义。

“细微苟不慎，堤溃自蚁穴”—— 一个不幸的唯物的演变，撞进了我们底安逸生活——他像韩敬文在上海大世界演魔术一样，却使安逸的人们生活，又不得不急起而发生新要求新意义了！这便是像牛顿（Newton）遇见苹果坠地，瓦特（Watt）看见水壶盖子往上跑那一类的事。皮带绕着亮晶晶的铁轮，一切事情都变了——蒸汽呀，轮船呀，铁路呀！……所谓“产业革命”之机运到此时，也就推举了马克思出来为我们解释一切生活之过程。

一八五九年是一个可恶的魔鬼的圣诞——在守旧者是这样想的。达尔文在这年拿出他的《物种原始》，用了“自然淘汰”这个最根本观念，阐明了生物进化在全部球面变化上之历史的和现实的秘密。同样，马克思也在这年贡献了他的《经济学批判》，也用了“唯物史观”这个最根本的观念，阐明了人间历史上变化的根本法则。从此，他便继续的使我们知道人类的一切行动，是如何随着他所处的那个时代底环境底物质生活条件而变迁。原来由渔猎而畜牧，而耕稼，而手工业，而工场手工业，而机械工业——竟和生物的进化是一样的。哺乳类的特性，孕育于爬虫之中；爬虫特性，孕育于鱼类之中——蝉联递嬗，因内在的条件和外界的要求规定了每一个时代底形质。生物学之全部表现了天演之意义；人类的历史也记载着阶级倾轧之过程。一切政治、法律、艺术、道德、宗教、科学、哲学、风俗、习惯——一切治乱兴亡的社会现象，都只是人类的经济生活，在自然的（生物的、地理的、无机的）底布上随时反映之幻景。于是我们便又在个体的自己意识之外，同时得了一个群体的自己意识——自然这也许还是假的，不过较之神权说是已经很真了！

达尔文主义与马克思主义平行着是这样的叫我们意识了我们的整个自己。鉴往知来，我们的生活——换句话，便是我们自己这个

"人"，从此才受到"我"自己的管辖。从前我们一切听于天命，一天到晚，只在那"天命之谓性，率性之谓道，修道之谓教"的世界中过日子。现在我们要这两个启示里获得操纵我们自己命运的方法了！

自然淘汰，是必然的；但却不是固定的。优胜劣败，是命定的；但却也是偶然的。在这个分限上，于是有"人为淘汰"说，有遗传学，有优生学——生命的前途也许是一朵艳色夺目的香花罢？

一切制度，是必然的，但却不是固定的。社会的进化之径路，是命定的，但也是偶然的。在这个分限上，同样，我们也看见了自从《共产党宣言》以来的"革命人为改革"之方案。社会主义是不是就能使社会组织之将来成个快活的地上乐园呢？科学的研究下去，将会使你得到一个和在生物学里所得到的期许，有一样的可能希望罢？

人类应该意识自己，更应该意识自己的社会生活。青年朋友们！你们天天生活在这个社会里，你们可也会知道了这个社会的生成、发展、变化底过程么？可也会知道过去的历史影片，是由于一副什么机器使之转变的吗？读书十年，在一切学问中埋头钻研，无非是求这个解释。无尽的钻研中，我们已读过达尔文，自然现在也要读一读马克思了！

但这却不一定是要做一个主义的信徒，这只是要获得一个自我之意识。

原载《学生杂志》第 11 卷第 4 期，1924 年 4 月 5 日

东方文化学社与绅士阶级

提倡“东方文化”的绅士们，有两个理由：第一个，是说东方文化能够给人一个灵魂寄顿之处，可以使人类趋于和平。第二个，是说现在外国人也都崇尚东方文明。

对于第一个理由，我们虽然一向就说绅士们是在主观的幻觉世界里，自己催眠自己，但总无法使他们相信。这是因为他们底说素，根本上只能在他们自己心中去胡思乱想。他们用镜中的自己证明自己，所以我们把他实在无法。在他们虽被人家打一顿嘴巴子，他们还是可以用那二元论的逻辑，说：“我虽然被打了，但是在我底心里，不妨想着他打的是我底物质的我；而我底精神的我，他却始终没有打着。”所以他们总觉得最后的胜利是他们获着了！像这样，自然从我们隔壁的瘌痢头起，一直到宣统陛下、威廉陛下，没有一个人找不到他底灵魂寄顿之所的了！除了他不肯作“如是想”，故只要你肯“如是想”，那么，所谓“我欲仁斯仁至矣”，所谓“养吾浩然之气”，所谓“放之则弥六合，卷之则退藏于密”，所谓“无为而无不为，所谓“色即是空，空即是色”，所谓“可乎可，不可乎不可”……，就都可以“见道”于此了！什么时候要超脱，便什么时候闭起双眼一想，管叫马上鲲化为鹏，化得翼若垂天之云，并且抟扶摇而上者九万里。即令想饿了，不过叫家人拿两碗饭来一吃便是。吃饱了，依然还是可以再想。如是，则谁又能证明——说得清白那东方文化不是能够给人以休憩、安慰、和平的？

对于第二个理由，我们也曾常常地告诉绅士们，说这也是由于他们底感觉之被欺。他们自然是更不相信的了！我们说：外国人所以在现在有一时的崇尚东方学术之现象的，大概不外五种原因：（一）是由于他们底文化侵略：譬如在最近绅士们所开的东方文化学社底成立会中，某君报告他们当其拟就章程，要来组织学社，提倡东方文化时，日本人便说："既称为东方文化，应包含中国、日本、印度在内，故应由中日合办，以免将来西洋人包办之耻。"即明明白白是日本人欲在"东亚同文"的把戏之外，别辟蹊径，以与"清华式"教育竞争。（二）是由于列强故意要我们向着反时代走去，以遂他们底侵略。如东方文化学社成立会中底报告者说："东邻朝冈，服部各学者来华，在中央公园招待席上，亦极表中日合办之同情"；而表明报告者底本意是"与其与西洋争工商，不如与之争文化"。这个"本意"，实际上何尝不就是"朝冈、服部各学者"底本意？他们岂止"极表"文化上"合办"的同情——他们久已在廿一条中"极表"其愿与中国"合办"一切事业了！又岂止是日本人如是——世界上哪一个强国，不巴巴地望着中国如是，"与其争工商，不如争文化"；这正是侵略者所馨香祝祷的事！你不争工商，才好使你底生产萎缩，民生凋敝——永远地维持着并增加着那每年的国际贸易之入超额；永远地举四百万方里，成为他们底一个市场；兴四万万民族，成为他们经济上一个从属的奴隶。谁叫你不争文化？你争你的好了！而且又有谁在和你争文化？让你独步地"文化""文化"的喊着好了！直到你死灭的那一天。（三）是出于一时顺便的应酬。如罗素等恭维中国文明，不过是用以博取华人的好感，罗素给屁绅士们吃了，绅士们一定要说是甜蜜；罗素正掩着口窃笑，绅士们却一定要说这是西洋文明破产，那又有什么法子？（四）是由于西洋人暂时受了大战之痛，急不暇择，遂一手扯了我们中国这块破布，去裹他底急伤。绅士们只知说这是西洋人厌弃物质文明；绅士们却不知西洋人过得几年，把这一口气转过来了，他们还是一样。他们造舰的还是造舰，死光的发明还是一样的争先要去夺取。明明白白的欧洲秩序之恢复，还是要靠着更进步的科学应用于生产，决不靠着那什么精神文明，绅士们闭着眼，只顾一味地把自己底那种二元论的逻辑底空架子，去套合一切，以为人家是在崇拜精神文明，以为精神文明可以给世界以未来的和平；结果，让着人家去益发进步，而使自己益发落伍。什么东方文化？现在不过正在像这样地为侵略自己的机械而已！（五）是出于他们西洋人研究“东方”，研究“中国”的兴味，如东方文化学社成立会中，法人铎尔孟所说：“贵国历史有数千年，书籍有十万卷之多，外人研究非常困难。因此法国朋友常常托我置华文书籍……我每苦于无从下手。法国小学生亦常研究各国历史，如希腊、罗马、埃及各国都是历史课本，独缺乏中国史书……现在东方文化学社成立，这两层，大约可以免除了”！然绅士们却一样地说铎尔孟和罗素和朝冈服部一样地都是崇拜东方文化——甚且是服膺孔孟之言。

其实，所谓东方文化——就在绅士们自己伙里谁也弄不清楚那是一回什么事。他们底成立会里，朱念祖不是说：“文化二字，实包古今中外全体，故欲兴文化，须先研究文化么？”是呀！要兴文化，须先研究文化！文化是个什么东西呢？绅士们底二元论直是把那精神、物质扯得一塌糊涂。譬如像罗正纬说：“人生观与禽兽之分安在？即在人能创造经济制度学术等等，故文化为人类所必需。”又说：“现今中外交通日益便利，故沟通中西文化正在此时。”他们并不问现今的“中外交通”是什么东西叫他便利的；并不问人为什么便“能”创造经济、制度、学术。他们并不知经济、制度、学术，即是文化；所以他们底意思要说是人之所以异于禽兽者，在能创造……而文化乃所以启发人之创造力者，“故文化为人类所必需”。他们并不晓得人类底生活就是人类底文化，禽兽底生活是禽兽底文化；所以他们要“人生观与禽兽之分安在”？他们不晓得一个人底“人生观”是那个“人”在他那个时代，那个环境里，对于其所自取的“人的生活方法”之合理的解释；所以他们要拿去和禽兽底禽兽生活相比。他们更知那所谓文化，所谓人生观是“人类的”，不是一个民族的——它只有时代的价值可判，并没有各个的性质不同。一切什么东方文化、西方文化、精神生活、物质生活——除了名词之外，并没有什么“实在”；所以他们要去做那否认时间和空间之存在的“中西沟通”，归结起来，朱念祖所说的要兴文化须研究文化这句话，他们自己并没有去做过。

他们为什么竟没有去研究过文化呢？这是因为他们底脑筋被他们幻觉之雾所蒙蔽了！研究文化，本质上是要去研究人类底生活的。因为文化本是人类生活底反映——社会经济组织的表现体。然而人类底生活是现实的——换句话说，是物质的；他们底二元论的头脑于此便不相容了！所以他们就这样地因为不肯去研究人类底物质生活，而始终也不曾研究得文化。没有研究得文化是什么，便去提倡什么文化，事理上自然就不能不像那样弄得一塌糊涂了。

他们为什么都成功了他们那副奇怪的二元论头脑呢？这并不怪哪个上帝在捏泥人时，故意没有捏好——这是由于他们底现实生活所致。原来他们底这副头脑，其本身就是所谓“文化”。生活产生文化——物质的条件，规定人类底意识；绅士底思想、行为、品格，是被绅士的生活所规定的。

绅士们底生活，大率都是有个相当的或过度的温饱的。人在生理的心理的自然要求上，实和物理的自然要求一样，对于“现境”总是要求保持的。所谓人情大率好逸恶劳，喜安乐而恶痛苦，便是这个道理。但现在的社会制度，是建在那私有财产和自由竞争的经济基础之上的，人人虽然可以随时得到温饱，但是人人也可以随时失掉温饱。因为财产集中和竞争加剧的自然趋势，在现在，那可以得到的机会却远比可以失掉的机会差远了！所以在今日的世界上，无论什么人，对于保持或扩充他底“现有生活”，已成了唯一的伦理条件，超乎一切道德之上。绅士们既已有了相当的生活，那么，怎么样保持这个绅士的生活，扩充这个绅士的生活，这问题自然在绅士是更比一般人重要了！怎么样保持扩充呢？第一是保持绅士的个人的偶像之信仰；第二是保持绅士的阶级的社会之尊崇。我希望读者莫以为我是刻薄，我以为绅士们要保持一般社会对于他们底信仰与尊崇，只是：互相标榜、矜持、吹牛、保守旧的文化，及作□辞以惑世。所以无论哪个绅士，他们总没一个肯用了他底一技之长（他们大多数是没有一技之长的），去正正当当的吃碗辛勤无愧之饭的。他们只顾利用他们底社会的上流地位，拉扯些神秘奥妙的名词，配成一付钩心斗角表面上望去似乎也很合榫的逻辑架子，抓着一件什么东西，便向一般社会吹了起来。平民教育、东方文化，如此等类，都是一丘之貉。自然我们不能就说提倡这些事的人，便是坏人，以至阻了人家为社会做事的热忱。然而实际上我们对于绅士阀底这些运动，却不能不令人看着他们是藉此以为“名高”。譬如年来平民教育闹遍了中国，事实上真正寒苦的平民，何尝捞着一些什么？不过因此愈益增高绅士们底声价，愈益叫一般为平民之领袖的中等知识青年，加高崇拜他们的热度，以便他们将来更宜于个人的生活之活动罢了！

所以有好多人，在先原是很急进的，很诚实的，很平民的，很革命的；一到泅上了上水头时，他们便马上变了过来，归入到绅士队里，站立在保守旗下了！这实在是一个绅士的定律！或者也还可以说无论古今中外吧？故从前的平民文学家，可以忽然要保存起君子国底礼仪而恭谨奉陪起那“非唯实”的太戈尔；而社会党米勒兰要摧残起他底老朋友了！

然而像米勒兰那样，索性由这边的一个简直变到那一边，若不流芳便尔遗臭的角色，究竟很少。大家都还没有这种的勇气，因为这样作法，那是与生活之保持更多危险的。所以大多数的绅士，就不得不去住在灰色的雾里。一面要保持自己，一面又要不多得罪社会……总期圆滑周到，八面玲珑。于是：稳健、折衷、中庸之道……这些名词，便刊在了他们底词典里。这样，他们底生活和一切行为在他们自己倒也要算是一贯的。他们底二元论的逻辑，也才算是完满了。原来，他们底理论本是生于他们唯物的生活，然而他们却自以为他们底生活是由于他们底意识接看他们底理论作去的。看哪，绅士们底两重人格——他们是把他们自己分成了两个半边：一个物质的我，一个精神的我。

"物质的我"：在一百支彩绫罩电灯下草稿，用打字机誊清，按叫人铃呼仆役送往报馆，由最新式卷筒机印布于社会。次日以极速之汽车过市，于整洁之燕尾服中尽量享受大众的恭维、阿谀、谄媚、崇拜、羡慕，尽量摆着"学者""名流"的架子，到了被请入座时，首先是时髦的"寒暄"，继之以漂亮的"应酬"，接着便作出绅士贵重态度，大家都眉目间表示一个"席不正不坐，□不正不食"。酩酊之后，急趋归家，那娇艳的太太一头撞了过来！少不得望着那芙蓉之脸上的一双柳眉，两眶秋水，笑着说："今天可累死我了！现在你且给我一些生活厌倦以后的休憩、安慰罢"！于是甜蜜的和平从天使两翅中满放出来，沉醉得绅士底横行骨酥了！"得其所哉，得其所哉"！然而那"精神的我"，却因为是"精神的"，对于这种"得其所哉"的生活，还是可以说："人，还另有个精神的世界"！这样的一个纵剖的分开，把绅士们底脑筋渐渐习惯了，谁还觉得，自然为了要使己自立于人前总有一个理由的缘故——会把它统一起来，说，"我们东方底文明，是一座苍莽浑然的大森林，就贵在一个不分析；不像那西洋的墙壁文明，堡垒文明——只是算账。”诚然这是不算账的，管他纱罗绸缎，酒地花天，我只一心认定我是在一种精神的，非物质的生活里好了！

绅士们所以到底不能研究“生活”，不能研究“文化”的道理，就是他底这种自圆论理的生活叫他如此。他们现在还要死死的提倡起来——硬要以他们这个自心催眠的幻觉的梦游世界给与我们。“三界唯心”，只要心血来潮，我想什么便是什么——所谓东方文化这件东西，我们又有什么法子叫它明白？所以也只好让绅士们去说物质文明破产，去说东方文明足以给人安慰和平了！

原载《评论之评论》第16期，1924年7月6日

中国人之怨望!

替商报进一层说话。

字林报因为商报六月廿六日的评论主张无国别排斥外货，乃著论告诫我们，题曰《中国人之怨望》；叫我们莫要只是怨恨外国人，应该知道外国人“亦有深切之怨望”。它历数中国底罪过，什么武昌、宜昌兵变，什么皖省、豫省匪劫，什么临城绑票绑了他们外国人三十七个，什么非法对于外货课税……用李纨批评小红的话说，“倒好像翻了核桃车子”。它把中国这些罪过，一一认为是中国人所万不应该对于外国人发现的；它说：现在外国人对于中国算是已经在表示着“无上之宽恕与容忍”；不然，则“恐商报将无机会发如此激越之言论”。言外底意思，仿佛说：“我们外国人早已就该把你们中国灭了，早已就该叫商报主笔缠了红布站在福州路当心，和阿三拜了把子做个阿四了；现在在我们外国人底租界里，还容许你这商报存在，已是千千万万丈长的绳子也达不到底恩德；你们不知服服帖帖的像我们洋人底小狗一样来报恩，反要如此说话么？”

可怜我们底商报主笔，为了自己底国家太弱，也只好十二分地忍了这口气，装出和平的面孔，回了一篇妥协的论文，辩明它自己并没有排外；辩明字林报所说的那些外人的怨望，并不是中国国家故意加于他们的，所以要希望外国人勿以此冤枉中国。其实，字林报说我们排外，我们又何尝不可以直认不讳。“排外”就是一宗罪恶么？

中国人为什么要排外呢？是不是因为“外”底自身，要惹得我们去“排”它呢？兵变、匪盗、武人横行——这些是哪里来的呢？是英国、法国、美国、日本——在前，还有德意志、俄罗斯，到现在德、俄虽然退去了，却差不多又要添上一个意大利——底帝国主义使然。帝国主义的列强，在政治上故意的扶植中国旧势力如袁世凯、段祺瑞、曹锟等北洋军阀，帮助旧势力摧残南方革命的新势力，勾结军阀、卖国贼，供给他们底借款、枪械、政治上的优势权力，使他们得以招兵买马，并极力帮着他们在租界捕拿反对军阀政府的革命党人；在经济上把持中国的海关，输入廉价的制造品，毁坏了中国农业手工业的经济，使中国无数农民工人失业而为兵为匪，兵变匪乱，都是从此产生出来的。因此，我们认定，帝国主义的列强加于中国政治及经济的侵略，是中国种种黑暗扰乱之源泉。他们若不扶助军阀政府，若不私运军火，若不把持海关，中国的政治日渐清明，中国的实业日渐发达，那里还会像现在这么多兵，这么多匪！然而英国、法国、美国、日本……愿不愿意这样呢？这样，那便是中国有了可以自强的希望，便是中国民族有了独立的力量，便是中国经济有了自己产业兴旺之可能；反面言之，便是帝国主义将从此再也不能像现在这样来掠夺，压迫我们中国人了；便是英国、法国、美国、日本，再也不能叫我们中国人永远做他们经济从属的奴隶了！这样的真正与中国人以幸福的事，帝国主义者肯干吗！自然是不愿的？惟其不愿如此，所以帝国主义者明知中国底扰乱，是帝国主义所自造的，也还要更甚意识地造了下去。字林报再从旁鼓吹着，“怨望”着，则中国之被共管，又何愁无词可藉；无理可据！紧张着那个大麻布口袋，要把中国民族整个的装进去，搬到帝国主义底榨油机上，榨尽我们底膏油，尽可以迳情直行好了，又何必故意转出这许多的弯子，说什么“无上的宽恕与容忍”！这是字林报说的，这是代表个文明的而且是中国底友谊的邻邦之英国国民说的！这句话内，试问还几许承认中国是世界上一个国家的意味：还有哪些不是把中国看成了印度，把上海看成了孟买？英国的朋友！醒醒罢！中国人虽然生得愚蠢；但它至少总还可以比得上我们的绅士家庭中小孩们所玩的杰克箱中底杰克。生物的羞耻本能，难道中国人也竟没有了么？物理的机械反动，难道中国人也没有了么？只这一句话，只是他对于华人所下的“宽恕”与“容忍”这两个名词，华人便有理由而且有权利排外；至少说这话的英国人，是应该受华人“排”的了！“排外”！为什么不应该？堂堂一个国家，一个民族，有危及其国家之独立，妨碍其民族之生存，对于其国家民族为不恭敬侮辱言论者，其国家之国民便立应排之，便立应以极端的激昂态度排之——就是义和团，又怎么样？在生物的伦理上，难道哪个能不承认义和团是一个很拙劣的而正当的自卫么？至于说中国官厅蔑视责任，那更是欺我们之至了！绅士的民族！说谎是人类最可耻的事呀！中国官厅果真敢违背过你们洋大人一丝一毫么？“北京政府”果真有哪些不是你们东交民巷所派出的一个委员会么！临城案之俯首帖耳，唯命是从——赔款，道歉，撤换疆吏，恐怕在埃及，在阿富汗，也不过如是吧？利用了北京政府，压迫着我们，扰乱着我们政治的经济的生活，还要来说假话欺骗我们——则未免太把中国人没有当人看待了！只此一种态度，已足使中国人永远怨望！帝国主义者一天不恭恭敬敬地对于华人悔过引罪，改变现在的态度，则华人之怨恨必一天更进一天——且系加速率而又是累进率的增进！商报记者说：“须知中国变乱，原因已深，情态太复，咄嗟之间，非可立办。”这话错了！中国底变乱，情态并不复，揭穿了说，原因也不深；解铃系铃，只在帝国主义自身，倘若各国马上肯以现在俄国对华的态度对待中国，放弃一切损害中国的权利，互订平等条约，抛弃扶助北方武人官僚的政策，俾中国人民得以真正的民意扫清一切封建藩阀，以底统一；则中国之太平，未必不是咄嗟可办的事！

原载《向导》第73期，1924年7月9日

法西斯的祸水已经来了！

《字林西报》载三 K 党辩护者，美国人凯南 Keang 之言："近有某种阶级之外国人，以排外观念灌输于华人。窃谓外国商人应急起注意，设法抵制之。至于优秀华人极愿赞助外商，决不乐闻此种宣传也。三 K 党相信布尔什维克主义之宣传于中国，较军阀之害为尤大，若不设法制止，不独败坏中国商家，且将败坏外国商业，故持反布党主义。现在苏维埃正派人来华宣传排外主义，极易明了；有若干华人以为非设法抵制不可，此三 K 之所以组织也。"这话是明明白白告诉我们说法西斯的祸水已经流入中国了！苏俄派人宣传排外主义一层，是否属实，我们暂且可以不问。我们现在只问中国人处于目前这种帝国主义和为帝国主义之傀儡的军阀政治之下，是否应该要做那自卫的要求正义与解放的排外呢？前几年，世上每每目高丽人对日革命运动，是美国教士们所嗾使、宣传的。其实，是不是美国人所嗾使宣传，并不成问题；成问题的，是高丽人应不应该要求民族的独立而革。我想只要是一个没有得神经病的中国人，谁都会知道中国现在是应该反抗列强底帝国主义而要求自身独立的。列强自然不愿我们反抗，所以要加我们以"排外"两字的恶谥。在他们，以为"排外"是和"义和团"相联的；义和团又是野蛮的；以此加之华人之正当的自立运动，既可以得世界上一般不知中国真情的人底同情；又可以恐吓华人，使之怵于庚子的联军之巨创。这明明地是和俄国十月革命初起时，日本人为防止本国觉悟分子赤化，和嫉妒俄国底真正革命成功之故，而硬译“多数派”的俄文为“过激党”一样。现在中国有无排外正不必问，所应问的，只是应不应该排外。排外并不一定就是杀人放火的野蛮举动——自从五四学生运动，拒绝签订凡尔塞和约以来，一直到今，凡是中国人反抗外国之侵掠与压迫的举动，哪一件不可叫做排外？然而，哪一件又不是中国人底正当自立运动？而且，又有哪一件是野蛮的？说者故意牵扯苏俄，以为苏俄是世界上一个野蛮的结晶体，一经和它相粘贴，杨梅疮毒便永不能逃脱了。岂知世界上除了主观的好恶之外，还应当有个是非真假的道理存在。倘若中国现在不应排外——换句话说便是不应对于列强底掠夺压迫稍存反抗，而应自承是天然生来做列强马蹄下之垫褥的；则岂但因有苏俄来宣传，才为犯法？如果不然，则即令是由于苏俄底宣传，又便如何？事实上，不过反而证明苏俄是一个人道的象征罢了！况且中国人若没有苏俄来宣传，就完全不晓得自身是在受压迫而要求解放么？这实在把中国人底人格从根本否认了！世上哪有一个“人”而不知决定自己应不应该受人欺侮的？中国人若必待苏俄之鼓吹而始排外，则中国人还能算是一个“人”么？法西斯主义者们竟是这样的侮辱我们吗！因为我们反抗帝国主义，反抗一般的侵掠和压迫，自然在一般资产阶级，治者阶级，是要感着多少的不舒服的。这是事实的问题，并不是我们要怎么一定联及于他们。法西斯主义者们既要找点事情来做他们底职业，或者像意大利现在所已得的做他们底更野心的夺取政权的工具；于是便觑定了中国人底性质上之罅隙，大大地把一个在他们以为是野蛮之标帜的——所谓“排外”，和一个在他们以为是野蛮之象征的——所谓“布尔什维克”，一齐联加到我们这些要求解放的中国人身上。自然，一般的帝国主义，一般的资产阶级，看见了有他们这样的一个拥护者之出现，或多或少要分些残羹冷炙来豢养他们；甚至有时竟像从前那些意大利的被欺者一样，或许给他们以一个在远东的发展机会！“不独败坏中国商家，且将败坏外国商业”，这是一句在远东商场何等足以动中外商人之听的“危言”！是的，优秀（？）华人极愿赞助外商；决不愿闻此种（排外）“宣传”；“外国商人应急起注意”。所谓中国三K党，原来就是这样要希望在这些上面得个立足的地盘。原来就是这样的要在被华警搜拿之后，得些资产阶级的同情。现在，我们且不必问所谓中国三K党，究竟是个如何的势力，并且究竟是否已经正式存在。但只看凯南氏的话，这个东西，是一个中外合璧的“法西斯”，而这个法西斯之已经流入中国，则已是千真万确！

原载《向导》第74期，1924年7月16日

青年与农村教育

中国现在的一切内忧外患，不外是受了国际帝国主义和封建武人底狼狈的侵略与掠夺。要反抗这两大势力，而解放中国国家则非发达产业与人民监督政治的权力不可。说到产业与人民两方面，中国是与外国不同的。中国底社会经济基础，根本植在农业上面。中国底人民，也几乎是百分之九十几都以农业为生。**不谈改造中国则已；若谈改造中国，忘记了农人，那便是不期望他底改革获到成功**。因为“农人之醒觉”，实关系于民生与民权两大主义之能否实现。而所谓发达产业与人民监督政治，则又非由此二大主义产生不可。

怎么样觉醒农人呢？这自然不是一个简单的问题。但对于农民施以补习教育，使他明白他自己底痛苦，与痛苦之来源，并告诉他以一种免袪痛苦的可能——要为首先重要的方法。

但这种农村教育，在现今若期望政府或什么自治团体来办，那是不行的。知之行之唯一的负责者，只有我们现在这般青年。我们应该纠合我们底同志组合成一个“到农民中间去”的结实团体。硬当一种宗教的生活去过，在无论什么地方，只要有了机会，便对农民办起补习教育。经费一项，一部分可以由于我们底热心与态度上之感动而募集；一部分则以我们底努力去向省县市乡底教育经费中去争划；更有一小部分则或可由于境况较好的农人之自捐——不过这最后一部，我们不可遂作着实的指望罢了。这些经费，不过只用于相当的设备上，我们自己是纯粹尽我们底国民义务的。

我们这种农村补习教育，并不一定只限于学校式的书本教育。我们应该把一部分社会教育的宣传事业，也包含在内。一方面，我们是教农人们以认字，获得他们生活上所必要的知识与技能；一方面，我们又实际训练他们以有规律而又坚毅的组织。**并且要注意养成他们一种人生观，使他们对于现社会有信任自己，要求完满自己底生活的意识**。学校机关，虽然是不可不多少为地域上分配的固定；但我们办教育的人，却不必固定，既可以你来我去，又可以由此适彼。只看谁底能力，谁底时间，宜于怎么样，便怎么样。方法更不拘定，因其民性、地理、时代之物质的条件而变迁。我们有时是高坐讲台上，向他们讲古论古；有时我们又组合起来演戏给他们看。事在人为，随机应变，总以他们能够接受而且获得实益为主。我们底态度应该仿照欧洲旧教牧师对于我们传教的办法；力求与农人底生活同化。**我们施教于他们时，不可以"我教他"为中心，以我底知识所有灌输于他为念；我们应当以"了解他们"为中心，以应他们底要求为念——他们需要什么，我们便给他什么**。

我这所说的，不过是几句很概括的感想；至于实际上的细节，即自然是不能再想象地多说了。总之，只要青年们肯以天下为己任，本着上面所说原则去做这一种宗教运动，中国底改造事业，便自然会从一个更确实而稳固的基础上，于较短时期中建设起来！长夏的假期已经到了，我们开始试验的时期，便在眼前！朋友们！努力罢！

原载《教育与人生周刊》第42期，1924年8月4日

青年与进化论和唯物史观

我们都晓得十九世纪中，有两个巨大的火焰。这两个火焰，便是我们耳所熟闻的“进化论”与“唯物史观”。一八五九年那一年，直是一个革命的年代。在那年，达尔文（Darwin）发表了《物种由来》；马克思（Karl Marx）发表了《经济学批判》。他们这种前无古人的哲学，把欧洲乃至全世界永远变成了青年。他们用着他们底那巨大火焰，显示了一切过去自然界和人间社会底秘密，然后一切政治、道德、学术，才真正的开始向着一种科学的有福于全人类的方向走。

我们中国一向被锢蔽于“非科学”的眢井中，对于一切自然现象，人事现象，从来只有些奇迹的信仰，神秘的不求甚解之解释——这和欧洲中古时代文艺复兴以前一样。因此每个人是从没有过一个确切明了的宇宙观和人生观；而社会之演变遂一直到今天，也就没有一个人能为意识的驾驭；且没有一个人能有那怎么样去驾驭的思想。现在欧洲自从经过那两大火焰之显示以后，对于自然和社会底一切当然必然都已明了；虽然还没有完全把一切演变之事像入勒受辔，可是已经无处不在“方且图谋驾驭”之中了！我们呢？我们是只好看着野马散开四蹄盲目地飞跑了去。我们对于野马并不了解，我们不知万象森罗的“刍狗”关系：我们不知古往今来的治乱盛衰之理。我们因为没有明白系统一贯逻辑的宇宙观，我们也就没有那跨上野马之背勒住他底缰绳的勇气的人生观。**我们不知一切过去之因，所以无法去推一切未来之果。**

我们不知社会底真实历史，所以我们始终不能明白人类生活底意义与他应有的方式。**总之，因为我们没有进化论的根本的概念，因为我们没有一个生长的，经济的社会之了解；所以我们不明白宇宙底内容，不知道人间的一切变故究是什么道理。因此，遂没有我们底科学的宇宙观和进取的人生观；而我们底生活——国家、政治、一切文化——只好让他自然物理的进展了去，和“泻水于平地”，“任其东西南北流”一样。**

青年们！我们读书，我们也读了这些年了！除了“圣人开物成务”的“国故”笼统话，和“用男人底肋骨造成女人”的洋谎；我们对天地人生晓得一些什么？一部廿四史果从何种动力演出的呢？这是要我们读了廿四史本身而去另外觅求解释的。进化论用自然淘汰说明自然界万象之由来；同样，唯物史观也用了“经济的”这更根本的观念，说明了古今中外一切文化史实所以变迁之必然。进化论在我们现今的学界，多少是已经有些研究介绍的了！唯物史观这一种研究人类生活之历史的、科学的方法，却还很少有人肯去注意，且更很少有人肯去信他。这或者是有人还没有知道他底价值，或者有人因为他是马克思底产物，联想上容易和社会主义在观念上表现。因为社会主义在现在，是绅士们所当引避的一个礼节的对象，所以也因而对于唯物史观不觉“远之”了！**其实，唯物史观虽为马克思所组织地叙述出来，实质上却不必与社会主义不可分解。唯物史观是对于静的社会——过去的历史的一种解剖的观察；社会主义则是对于未来的人类生活——动的社会谋支配的方法。**目下欧洲各国谈改造的，对于未来怎么样支配组织社会的方法和应该取什么形式，尽管正千差万别——有的主张无政府，有的主张工团专政，还有的主张民主立宪——但他们底“社会生成与发展”的哲学的概念，却大都由于唯物的史观而出。

我们现在是丁此百忧之世，正在揹上了个整理社会之木梢了！我们如不研究唯物史观，如不以唯物的历史研究法去获得一种社会变迁的理法概念，我们如何能去着手！不明物理的因果关系，即不能管理一部任何机器，更不能说去制造一部机器了！**然唯物史观，根本上又是抽绎其概念于进化论的；故体系的逻辑上，又须上溯于达尔文**。从生物演化之基本的原则研究而下，然后对于社会的人类生活方能组成科学的识解。一个正当庄严、勇敢活泼的人生态度，也才能成立，我们才能配去担当那改革伟业；而中国也才能从那时起，开始放入了我们底意识的铸型。

因为中国改革的责任，天然的只在我们青年身上；所以我觉得我们在目下有切实研究这二大哲学的不可缓的必要！

原载《教育与人生周刊》第46期，1924年9月1日

我所审定的“东方文化”价值

一、“价值”如何成立？

当我们说：“这件东西有价值”，或是“那件东西无价值”时，这个“有”“无”的评判是从哪里来的——这所谓“价值”的意义又怎么讲？

最浅显的理由，是我曾用过这件那件东西，这件那件东西曾在我的生活上显示过一番合乎我的生活、或是不合乎我的生活的事实。合乎我的实际生活之要求的，能够满足我的生理的、心理的、需要的便是有价值的；否则便是无价值的。故价值的成立，是由于“实用”的结果——价值的大小多寡，就是使用程度的反映。换句话说，则是客观的价值之存在，乃是由于主观的认识所赋予——客观界的价值，就是主观界的一切“刺激”和“反应”的总和。所以无论判断什么东西的价值，都当以实用为标准。离开实用价值便无地生根——因为我们的判断要在实用中才能执行。冰淇淋对于哀斯基摩人无价值，羚羊皮对于爪哇人无价值，是因为他们用不着，是因为它们不合于他们的生活。刘姥姥不知道自鸣钟准确的价值，贾宝玉不知道纺纱车纺织的价值，是因为没有用过它们，是因为他们的生活上从来不需要它们。

二、怎么样判断一种主义—— 一种思想的价值?

一种主义或是一种思想，不过是一种抽象的东西罢了——它的价值的判断，也应该和冰淇淋、自鸣钟等具体的东西一样。故我们无论对于那种主义，那种思想，都当以下面的三个标准来衡量它的价值。合于这三个标准的，就是一张可以兑现的钞票，就是于我们有用的——有价值的。反之，那就是无用的“闲话”在我们今天这个二十世纪的匆忙时代，我们可就没有许多闲暇的工夫去理它了！

判断一种主义—— 一种思想的价值的标准，究竟是些什么呢?

第一、是要看那种主义或思想的动机是不是（为了）“生物的”。

第二、是要看那种主义或思想的目的是不是（对着）“社会的”。

第三、是要看那种主义或思想的体现是不是（合乎）“现实的”。

现在且把这三个标准的意义解释一下：

何为“生物的?”因为无论什么东西——就是说到宇宙——在一种的哲学的意义上说，可以说都是为了“人”而始存在的。这话的反面，便是说宇宙中一切万有，离了“人”的意识，固然还是无伤于它的绝对的客观的存在；但它的意义，却是要有相对的“人”的主观的感觉才能显现。所以近世的哲学，科学，都自然地倾向于人类中心——简直可以说是以“现实生活”为中心的主义。“人”是生物之一，以人类的现实生活为中心而显其意义的一切东西，自然它的起码的价值，也总要是合乎生物的生活——总要它是一个为了生物之“生”而提供的了！某种主义或某种思想之发生，原来是为了要解决人类的生活问题；是为了人类生活上需要它来做解决的方法的，故在哲学上严格地说，没有那种主义或那种思想，可以不是为了要供给人类生活上之实用的。如果不是为了供给人类生活之实用的，那便是宇宙间的一种死体的客观的存在之物——对于人类没有一点意义；它的自身也便没有一点价值可言。人类的生活，根本上就是生物的生活；生物的生活所要求的是“生”之顺利的遂长，人类的根本要求，也就是怎样使得自己顺利地“生”向前去。所以判断任何主义、任何思想之价值的第一个标准，就要看他的动机，是不是为了要来供给一条使生物得以遂其“生”的道路。

何为“社会的”？人类的生活，是生物的；但人类之为人类，却不仅止于是生物的。“人类的生活”这名词，还另有它的涵义。人类生活的意义，就构成于“人是有意识的社会生活的动物”这一点上。故人类生活的起点和终点，都当在“社会的组织”上。要能够组织社会，以为共同的生活，才可以算是起码的人类生活？要能够从社会组织中，理出个秩序来，用了适当的生产和分配方法，使得全社会中每个男女都得到他们各自相当的满足生活，才能算是完成了人类生活。大凡一种主义，一种思想，能够在人类意识被信仰、崇敬，而存在、而发展的；总不外是由于它能在生物伦理的基础上，成立一种社会伦理的说素，以指导社会的组织和经济生活，使人们得到相当的享益。不然，则其所谓主义、思想，便是“反社会的”。反社会的便是反乎人类生活的——反乎生物伦理和社会伦理的。所以判断任何主义，任何思想之价值的第二个标准，就要看它的目的，是不是对着全社会的人们贡献一个普遍平等的生活组织。

何谓“现实的”？“现实”是指“时代”和“地方”两者所合成的当下——环境而言。有时候某种主义、思想，虽然是合于生物的、社会的条件了，但因为时间和空间的特别关系，在“今日”“此地”却不见得便能行去——不见得便能合乎“这个时代”的“这个社会”的生活。倘若不合时地的现实，那就无异是搬了一架摩托车放在四川的万山丛中了！摩托车尽管合于生物的生活，人类的要求；但是被现实所限，它却一点用处没有。没有用，还有什么价值？

三、“东方文化”是一种什么主义——什么思想?

原来“东方文化”这个名词，是近几年来，因为受了世界上一时的变态刺激，对于西洋的所谓“物质文明”生出来的。它并不是一种独特而成其自己之逻辑系统的主义；也不是一种单纯的哲学。它的内容，有：印度的佛教教义和学理，孔子的伦理主义，孔孟及诸子的政治哲学，周汉以来历史上传说的政法经验，宋明两代的个人修养，和处世的方法——甚至其他的一些什么。总之：它是没有一定的性质、骨架、脉络、组织的。它是对于波斯湾以西而言，包括东南部亚洲的一切古代思想、学说、宗教，乃至一些单经试验过的零碎政策的。它没有鲜明的色彩，明白的轮廓——浑沌而勉强地把它抽绎成一个比较概括的概念，则可名之曰：“古代东方民族的浪漫的人生态度。”本来这种浑沌的浪漫人生态度，因为东方自然界的物质的条件之暗示，向来就在东方诸民族个人的思想上憧憬着。这事的理由，早在每本《地理学》《地文学》《社会进化史》《经济进化史》的教科书中写着，印着——现在用不着再事赘谈。不过在从前这些渺茫往来于东方人脑中的憧憬，还没有像目下这样大集合，没有像目下这样成为一个在表面上仿佛是一种主义的主义。弄成这样集合而又像是一个主义的，是由于一九一四年至一九一八年的欧洲大战之反动。从梁启超的《欧游心影录》起，一直到最近的太戈尔来华演讲，都是表示着太平洋上有一股急潮，原是由红海、地中海、向着大西洋流的；现在忽然被一阵西来狂风吹转来，向着故道流了！“复古”的空气，弥漫了东方。他们误解了物质文明，错认了工业主义。他们以为像欧洲这次大战所遭的惨祸，完全是由于“人欲横流”四字而成；而空中飞机，水底潜艇，则是欧人数百年来提倡科学，锐意开发物质文明所结之果。所以他们觉得如不赶紧提倡一种反乎此等物质文明的生活，则世界之毁灭，便在眼前。于是数千年来渺茫往来于他们脑中的那些复杂的憧憬，遂从下意识里顶起了天平盖，冲上大脑的神经中来。他们计算：

“怎么样才能叫人们和平相亲而不争斗呢？”

“只有叫他们不崇尚技巧，看轻外界的物质生活。”

“怎样才能叫人不尚技巧，看轻物质呢？”

“根本上只有教他们惩忿窒欲！”

“人欲如何便能窒得？”

于是便有一派先生们，想到了——

“以佛的‘三界唯心’说法，教他们聚集精神向着内心，闭眼不看外界。”

这真是一点也不错，正是梁漱溟先生说的——此路不通，便喊一个“向后转”的口令掉头而行。然而也有另一派的先生们，晓得此境之高，直同诗人所想象的阆风绁马一般。成佛须有佛根性；有佛根性的人，然后才能学那非洲的驼鸟，见了猎人便把自己的头藏入石缝，以不见猎人为安全。钝根尘俗之人，他便不能——因为他虽然把头藏了；但他心里却老忘不了外面有个打猎的人在那里对他瞄准。于是思其次而有孔子之教在焉——可用以为过渡之桥。入则孝，出则弟，养成他的服从。亲亲，仁民，爱物，养成他的处世态度。非礼勿视，勿听，勿言，勿动——甚至勿想，养成他的清教徒的和尚生活。遇事必依规矩，行路不可由径，执其两端，而用其中，养成他的日常的调和派、折衷派的习惯。这么下去，他便自然会成为一个温、良、恭、俭、让的君子。于是乃由于每个人的意诚而心正起，岂不是家也齐了，国也治了，天下也太平了——极其所至，且人不独亲其亲，子其子，而大道行焉！

在这个既立的恢张孔学的大标帜之下，努力的朋友们乃各本其不同的天生资质，各立其“朝着孔子”而实行的理论与方法。甲说“仁”本是我所自有的，我有良知，我有良能；于是他从良知良能上宗尚王守仁先生而去实行他的“知行合一”。乙说孔子之为孔子，是从实务生活中来的，历练中有圣贤存在；于是他就抬出颜元、李塨先生而讲究“尽吾气质之能。”是的！各人不妨各行其是，在“东方”这个大标的之下，要可殊途同归。然而各个个人的品行、德性都修练成功了之后的一步则又如何呢？家齐的方式怎样，国治的情形又如何——社会组织须得先示人一个标本。那么，历史是早告诉我们了，经史百家之籍，尽可参考：

第一、社会的组织是：“分国为五乡，乡为之师；分乡以为五州，州为之长；分州以为十里，里为之尉；分里以为十游，游为之宗……若在长家子弟臣妾属役宾客，则里尉以谯于游宗，游宗以谯于什伍，什伍以谯于长家，……”（《管子立政》）

“五家置比长；二十五家置闾胥；百家置族师；五百家置党正；二千五百家置州长；万二千五百家置乡大夫；大司徒统六乡以属于中央政府。”（《周官》的大意）

第二、经济的状况是：“……五亩之宅，树之以桑……斧斤以时入山林……乡田同井，出入相友，守望相助，疾病相扶持……”（《孟子》）

“……小国寡民，邻国相望，鸡犬之声相闻……”（《老子》）

自然，我们不能便把这些硬派着算是东方文化主义者心中的稿案；但他们心中所憧憬的熙熙皞皞的世界，却敢说一定是与此相近的。因为在他们的系统上，既反对物质的经营发展；那就只有这样的古朴淳质的生活，才能使得人心不贪，安分无斗。何况他们都笃信着三代、尧、舜、井田……那些整齐而又好看又好想的人物制度是一定有的（究竟有不有我不愿——也不敢断定，因为相信有，固然要确切证据；就是相信没有，也要确切证据？）

照上面一路细绎下来，则所谓“东方文化”所走的径路，可以下面的话表示明白：

东方文化的发生，本是为的要反抗那（在他们认为）物质文明所生的弊害；要求得到更好的更普遍的幸福的人类生活。但他们却从否定现实生活下手，而成为一种之禁欲主义。结果，他的倾向遂自然不得不走向那古代的宗法社会，而成为一种反对大规模的工业生产，以恢复农业、手工业的经济主义。假使果照这主义行了去，那么，实际上就定要和他的本来目的——普遍的人类幸福——相违背，而仍然成为一种贫富不齐，阶级相悬，而且仍然不免于争斗的社会。

为什么呢？这就是因为“人”是生物，生物的起码是“生”，并且是发展他的“生”。禁欲的结果，只有愈使欲望增加强度和分量的。压迫愈大，反动力愈高；和尚易犯强奸案——这已是国民的常识。欲使社会平安而无争斗，不应当叫每个人减少饭量；应当设法把锅加大，多煮出饭来。每个人都吃饱了，自然不会再争。现在反对大规模的生产，而恢复那农业手工业的生产，则是今后的生产力和生产量，不但不能比现在加多，并且还要比现在减少。这样如何能叫人们无争？这是一层。再进一步说，则大规模的工业生产，乃是社会经济进化的自然结果——它正是在事实上把生产弄得社会化，使人们到了那相当的时候，不得不放弃私产而趋入于共同的社会生活的。譬如在以家庭的手工业为单位的农业生产时代，那农田自然不得不归于用力耕种者之所私有；倘若进到大规模生产普遍发展，一切生产都社会化——连农业也工业化了的时候，就可以把全国的农田，联合成一个产业单位，而施行电气化（俄国现正筹备行此方法）；于是那农田遂自然要变成了公共的产业，人民遂自然要过共产的生活了！故共产的实现，乃是工业发达的顶点。现在是无“产”可“共”，所以不能共产；到了“产”必须“共”之时，自然也就不能不共。试看现在的电线、马路、铁道，这些立在大规模的公共组织上的东西，哪个又能够不共。不共，他能把那电线、马路、铁道，各自分一段回去，或是整的搬回去么？即令分了，搬回去了，又有何用；它的功效又何从存在？所以要想叫人类得到普遍的平等，只有极力发展大规模生产的工业，以渐达到产业社会化。反对工业生产而恢复农业手工业经济，事实上只是巩固那私有制和竞争心，又从哪里去梦得到更好普遍幸福，又何从能得到和平，免却战争？本来社会的问题，只是个胃的问题——只是分配不均的问题。要得分配平均，就须先有一种确实可行的生产政策。本了那个生产政策以行普遍的分配，然后社会上才能得到真正的和平自由。现在的工业主义，以大规模生产为手段，以一切产业社会化为目的；它是个切实可行的生产政策。现在的社会主义，以一切生产机关（工具）为社会公有为手段，以不许任何人垄断财货及财货的生产、而期得人人分配平均为目的；它是个解决胃的问题的分配政策。东方文化的本质如何，我们暂且不论；只是它的动机——在禁欲，违反"生物的"天然要求，违反人类的本能。

目的——在反对发展生产，违反"社会的"自然趋势，违反普遍平均分配的原则。

则已可断言。解决社会问题，原只有一个生产问题，和一个分配问题；现在它却刚刚与这两个问题相反，——刚刚反乎这两个问题的正当原则。在生产上说，它是反工业主义的；在分配上说，它是反社会主义的。东方文化是什么？它便是这样的一种主义，这样的一种思想！

四、这种反工业反社会的主义、思想，在现代是可能的么？

主张东方文化的先生们，大都忘记了（我不敢说他们竟然没有）进化的观念。只拿禁欲这层说，便令人不得不佩服他们的胆大，好像真要扭转乾坤。人类的欲望，是从远祖阿米巴（Amaeba）于进化中遗传下来的一些本能——在《系统发生史》和《个体发生史》上，谁也知道它是生理的、唯物的东西。东方文化主义者，大概把它看成了一个普通所论“心理作用”；所以要用了念佛镇魔的内心修养去管辖它。竟不知那些生理的、唯物的、本能受了压迫，有时是变了他种形式，而由一种的变态心理向外表现；并不是就消灭了。一些迂腐的理学夫子，自己受了自己的催眠，久已把自己送进了一种变态心理的生活中，不自觉得；遂以为他是用了禁欲的功夫，业经超凡入圣。可怜我们在旁边看着的，却忍不住要为之痛哭。一生数十年中，他们何尝安安逸逸地过了一天好日子？囚首垢面，有时过的竟比西洋人的看门狗也不如。还另有些名流阔人，也是自己催眠了自己，明明享受着极上等的生活，明明是时时刻刻在与物质为缘——他却要向着世人高唱精神生活，表示他是在看轻物质。其头，他却刚刚的是在纵欲之中，不过他的内心已被变态的幻觉蒙着，不自觉得罢了！人们骂此等人是伪君子，真小人（□□□等不能见谅于青年就是如此）；我觉得有些冤枉。因为他们已不是常人，他们已带了多少的神经病了。正当只可和那派迂夫子一起，叫他们做“疯人”。疯人不知其疯，所以他们就觉得他们的反工业主义是可行，并且是已在古代行之而有效。其实，在古代究竟生了些什么效力，历史上已经告诉了我们，正不必辩。我们只向现在所要求的那种诚意正心的君子，是不是人人都能做到；是不是人人都能真的禁了欲，而和他们一样变为疯子？但这还只是关于人性上说的；还没有说到现实。若在“今天”“此地”的环境上说，反工业主义果是做得到的么？谁若不能相信中国和外洋通商，是由于失了海口上的九根梅花椿；则大规模的工业经济组织，便谁也晓得是今后只有扩大的。东方文化的先生们，果都忘了人类的经济生活，是由渔猎而畜牧而农业而手工业而机械工业一路进化来的么？若真忘了，那么，别人我不责备；像某某诸先生等那就不应该了！经济的进化，是偶然的，亦是必然的。物产之发达，地理风水之影响，时代的偶然启发，科学的继续发达，加以人类的欲望增高，生活习惯——自然要把巴拿玛开通，把伦敦和纽约的市场，紧紧地联紧起来，把那奇技淫巧的机器，送进中国来打破它，这从周公孔子传下的姑绩妇织的家庭工业。谁能挡得住此趋势，谁就是个上帝。工业主义的趋势若挡不住，则社会主义的开展也就是自然的事。在今日这个中国，而欲为反社会及工业的运动，做得到么？徒劳而已！

然而东方文化的先生们，必然要说：如此便让这世界乱下去，让这物质文明天天造些杀人机器来屠戮苍生么？这自然是不行的。不过东方派的先生应当知道物质文明的发达，是唯物的；它的本身并没有意识要来为恶为善。科学的发明，也并没有预先要来供给福煦上将杀人，威廉第二称霸。欧战的罪过，不在科学身上，不在物质文明身上；它的判决，应该向那用科学的人执行。同样，工业主义并不坏；所坏的是工业主义，被资本主义所用了；只要打倒了资本主义，工业主义便是为人类造福的利器——而物质文明的真义也就发现了，科学也就从资本化的囚笼里解放了。打倒资本主义的，是社会主义。把一切生产加以国家的管理，统计了社会的需要，而后生产——则生产便马上成了一种为“使用而生产”的正当事。那为交易——赚钱——而生产的商品生产，和现在工商界这种无政府的竞争状态，也便会马上消灭。工商业的自由竞争消灭了，商品交易没有了，则社会的财富就会自然不平而自平；而战争这魔鬼，也自然会永远葬埋于正义人道之下了！这个郅平的诀窍，就在把工业主义和社会主义融化起来。使工业生产是为社会而生产的。非社会主义的工业主义，就是资本主义——招致欧战的，乃是这种资本主义的工业主义；与物质文明何与，与科学更何与？科学与物质文明，现方被囚于资本主义之下；又何劳诸公来反对、排斥？

五、结论——遁词的批判

倘若东方文化主义者，要故作遁词，说："我们的精神文明原不是像你这样拿来实用的"；或是说："一种高尚的主义和思想是不能这样用了纯粹的唯用标准来衡量的"；那么，我们就尽可不说什么。因为他本来是不求实用而说着好玩的。这么大的天地，何妨让他去玩——只当让了上海新世界、大世界的百戏杂技存在的。其实，这所谓东方文化，若真用在个人的生活上，当做一种好玩的消遣品，和下棋、吟诗、观画、饮酒一样看待，用以陶冶个人的性情，慰安个人生活上的痛苦，倒也未始不可。并且即在休养上说，他也要算是一种很好的工具。平情而论，古今来许多大英雄，大圣贤，的确是有些从类乎此等所谓正心诚意，内观自得的孔佛之道，宋明之学养成的。丢掉派别的学说不论，则从孔子起，激烈如文文山，迂腐如朱晦庵，干练如王阳明，稳健如曾涤生，哪个又不曾从此东方文化之某一支某一干中得到一些栽培。惟其把在他这个名义下的那些复杂东西，集合起来，给他一个主义的帽子戴上，从惩忿窒欲做到恢复古代经济——向着社会宣传，则不但如在上面所分析的、既不合乎生物、社会的要求，又不合乎现实的环境，是个毫无价值的东西；就是真有什么价值，鄙人也觉得要期期以为不可。方今天下所需要于我们的，是养成每个青年以积极的任事精神；东方文化则在根本上偏于消极保守。自然稳健的精神是要的；中正和平的态度，也是可贵的。然而遇事持中和之论，每动以稳健为心，则天下又何能为？破坏固然是可怕的，五分钟热度的浮动固然是不能成事的。然而现在社会的臃肿蹒蹩已是如此了，到底还是破坏要比不破坏好，五分钟热度比一分钟也没有的好。况且东方文化重在返古，薄于攻今，而其所返之古之农业经济的梦想，又决不能向现实界中战胜资本帝国主义。

总之：东方文化的思想，零碎地拆开来，对于个人或者还有一点用处；集合的对于社会，则实为无用之长物，且甚腐败——治安之策，贵粟之疏，早在二千年前做了它们的代表。究竟又生了些什么效用？可怜自从老子留下那元妙的五千言以后，孔子是弄得席不暇暖；墨翟是弄得突也不黔；屈原是以正人君子之资格痛哭而寻了死，贾谊的长太息、晁错的性命、都不曾拚倒那汉朝的封建贵族；关、洛、朱、陆的高深学说，一点儿也当不住那契丹女真蒙古的马蹄；守着孔庙不许阮胡子进去的名教威权，到底还是禁不住明朝要出个吴三桂。我们数这些，并不是故意菲薄哪个。我们也一样地肯定着现在的“人心不正”，“人欲横流”；一样地认欧战惨祸是要快快地防止。不过我们同时更肯定了两句常识：“仓廪实而知礼节；衣食足而知荣辱。”人心之“正”，要先可以使他正得起来；人欲横流，只有开源放他出去。社会的一治一乱，并不是什么天王菩萨在那里下棋，把棋子推去推来，才弄得这样的，它的变迁是要在唯物史观的经济学中去找。所以要改造社会，并不是什么望着“五百年而圣人兴”的事；须得从社会的生产和分配上去做研究，想方法——走工业主义而达到社会主义。东方文化派不肯在庐山之外去看一看庐山的面目，不知在经济上去求社会变迁之源，只一味地前仆后继，再接再励——从孔孟到程、朱、陆、王，一个被物质的现实打倒了，一个又踵趾而上。这种没有找到一定的路道，就去探病下药，完全随着病势变化而为应付的勇气，殆即所谓：“知其不可为而为之”欤？当然也有可以佩服之处，不过总是浪漫的精神太多了，仿佛叫我们读着一部小说，话说哪里忽然如此话说哪里又忽然如彼——所以我就把他综绎成一个概括的概念，叫做“东方古代民族的浪漫的人生态度”。

原载《学生杂志》第11卷第10期，1924年10月5日

言论上的道德责任与法律常识

凡是在论坛上，握笔作文，用口说话——负有指导社会舆论之责的人，都应该有相当的道德和必要的常识。

当楚女在新蜀报的时候，重庆国是报对于楚女个人，是从来没有说过一句话的。刚刚在四月三日楚女离开了新蜀报之后，四月四日的国是报上，便刊出一篇《萧楚女与社会青年》的文章。这篇文章，是指摘楚女三月二十七日在新蜀报答复四川日报的那一篇《本报普告读者》之文为“不道德”的。在言论上互相督励纠□，楚女是很欢迎——而且很感激的。不过国是报却不在楚女未离新蜀报之前开口——偏要在楚女放下了“武器”之后，来作“不武”之战，这已是未免“不大道德”了！而况且所指摘的，乃又系故意割裂楚女原文，取其语意未完之句以为口实。国是报投稿者之缺乏道德的责任心，实在教人要替“言论”感着重大的羞耻！

楚女三月二十七日在新蜀报上，所作的普告读者之原文，如左：

“本报承认在那‘明婚礼娶，正名定分’的夫妇中，倘若（原注‘请注意此两字’）那女人，是专门只陪男人睡觉，专只养小孩，专只理家事，而一点也没有被人家当‘人’看待时，即为‘长期卖淫的东西’。

“本报承认：本报是在用了反击的刺激为那一般为礼教所俘虏的女子是长期的娼妓——不过本报所骂的是一般专只陪男子睡觉、养小孩、理家，而不被人当‘人’看待的女子——倘若不是这样的女子，或者不愿这样的女子，自然不在本报所指斥的在内。

“本报承认：本报底这种思想是‘洪水猛兽’，而且是和在满清时提倡民主共和一样的洪水猛兽。本报底这种洪水猛兽的思想，是要一般女子都起来反抗旧礼教，实现那由恋爱而成立的，真正平等的，另一新式的‘明婚礼娶，正名定分’的一夫一妻的‘人’的两性结合。”

楚女平生为文，有一极严谨之规格，范围着自己。就是每用一“词”必先要在自己底心上，把它的轻重缓急，审量得一点也不错，然后方才写下去。所以楚女的思想尽管激越，才识尽管短乏；但楚女所作文中底每一个语句，却没有一个不是有方程式的合理的组织的。倘若有人在严格的逻辑上、文法上，把楚女全文或全句所说的道理，所用的词语，一一加以化学的定性分析，指出来，说：此一句怎样不当，此一词如何不合——甚至此理有误，此情有悖，楚女敢不拜嘉，以敬受夫子之大教！国是报的投稿者，却只要一口咬定楚女这个人，是个“危险东西”。不问一个方程式在理科规律上的定律如何，割头去尾，随意点窜，便拿来做成楚女的罪状。于是上面的三段原文，乃被国是报写成了这么样的三句：

“本报承认一般明婚礼娶正名定分的旧婚姻中的妇女是长期卖淫的东西！”

“本报承认本报是在骂那一般为礼教所俘虏的女子是长期的娼妓！”

“本报承认本报这种思想是洪水猛兽！”

这样一来，不但是割去了文句中底“说明的”部分；并且连“句”和“文法上”的组织，也给我变更了！凡是有数学训练的头脑的人，都当知道：假若把一句话中底形容词、副词、动词……去掉了，那便等于把一个人割去了头部或是腹部一样！

要能够抄录人家的全文，加以合理的驳斥，然后才能算是有本领的言论家，才配说站在论坛上指导舆论。像这样故意颠倒是非，藏头露尾地信口诬陷人家，便是放弃了言论家应负的道德责任——只足以见其卑鄙、怯懦、糊涂、无理而已！

萧楚女是一个危险东西么？每个具有神经组织的人，都会自己分别清楚。

因为一般在报纸上投稿的朋友，都是这样的缺乏道德的责任观念，缺乏数学的逻辑训练，所以对于一般言论家所应具的法律常识，也就不肯稍微去留意一下了！楚女性情刚直，在新蜀报主笔任中，不免得罪一部分人。他们恨楚女，因而恨及楚女的朋友——恨及与楚女思想接近的一切刊物。于是他们就用了那不逻辑而无道德责任的任意手段来陷害他们所不喜欢的敌体。不问证据，不举事实，只拣那顶凶恶、顶坏、顶为时世所恐惧而不能容的名词，加在他们所恨的人底头上。他们真聪明，他们所搜集来的：

第一个名词，是“过激党”。

第二，便是“萧楚女及其友人宣传共产主义”。

第三，便是“组织平民学社，实行共产主义”。

在上面的三瓢顶辣的海椒粉末之外，再加上一瓢苦味的老酒，那就更足以动现在四川社会上的一般父老兄弟底观听了——什么呢？

便是：“他们平民学社实行打破礼教，男女混杂，实行自由恋爱！”

只可惜先生们没有再为更进一步！先生们何不就说平民学社是“已在实行原始野蛮时代的乱交”呢！先生们如此陷害，以为便足以使其所恶者堕诸九渊了！殊不知楚女和楚女的朋友们，都曾明明白白在言论上宣言过——都曾说过他们也是和先生们一样的：

反对在目前的中国实施共产政治，承认中国现在所需要的是一个完满的德谟克拉西——承认在目前的世界，仍然应有“国家”和“政府”存在，仍然应该在一种相当的国家主义上从事于救国运动。

他们看见“共产”的囚帽，套不上；使用“公妻”来套。又无奈平民学社并不是像僧院尼庵那一样的结合，又不是像“同善社”“悟善社”那一类带有神秘修炼说什么阴阳调和的鬼话的集团。它每次开会，不在巴县国民师范学校，便在巴县图书馆。来来往往的人，都可尽量的听它底言论，观察它底行为。它只研究各种社会问题，讨论人生生活，社会组织之良恶。它在性质上、形式上是和北京大学以至一切男女同校的学校一样的一个东西。而且它在四川——在重庆，也还有和它相同的组织体存在。譬如最近成立曾在新蜀报上发表过宣言，标明它是以反对无政府主义而起，以鼓吹国家主义，研究社会问题为宗旨的“起舞社”，就也是一个在章程上明明白白规定着不分男女，只要与它宗旨相合而又有人介绍便可收为社员的“男女混杂”的团体。人们说平民学社是“求偶”的团体；殊不知可以指为求偶的团体，正多着哩！卑劣的思想！以己之心，度人之心；适见其为小人而已耳！

“共产公妻”这四个字的万恶不赦的罪名，既加不上，那末，怎么办呢？妙想天开，乃造出一种适合于四川今日之时事的谣言。便是：

萧楚女及平民学社的人，是在暗中勾结团防并且和成都方面有联络，反对重庆各当道的。

不先不后，刚刚在目前这个时候的这个四川——先生们真是聪明。吴道子善画，是我们所佩服的；只可惜画的是“鬼”。乡妇奔走相告，说王老三昨天被鬼迷住了。有人问“你何以知道”？乡妇说：“他们说的。”是的！是的！勾结团防，联络成都——或者也都是“他们说的吧？”说到这里，楚女还记起有一件事，也要连带着说一说。当楚女在三月十六日新蜀报上发表那一篇《未婚夫妇谈话问题》，得罪了刘蔚芊先生，惹得他在合力周报五十四期上说楚女曾经：夤夜私奔，抬某大人的包袱”时，楚女曾登报质问刘先生楚女任何时何地抬了何名何姓的大人之包袱？刘先生自己倒没有答覆楚女（只不过在悼孙大会会场中，由段培源、胡汝航两先生，拉着刘先生和楚女取和，劝楚女把在报上登的质问启事取消了）；却有一位匿名的朋友，写信给楚女，替刘先生辩护。他说：“你在皖抬马联甲的包袱；在沪抬何丰林的包袱。”这位先生却也要算是应心得手，俯拾皆是。假使楚女要是到过山西，那么，便又可以说楚女抬过阎锡山的包袱了！到过云南，便也可以说抬过唐继尧的包袱了！哈哈！假使楚女有一天能够侥幸出洋，岂不又可以给匿名者以材料，说楚女曾经抬过福煦上将、霞飞将军的包袱？只可惜匿名者太无勇气，他说了马联甲，说了何丰林，却偏偏不说“楚女在万县时，曾抬过杨森的包袱”！楚女曾经在杨先生幕中两个星期，后以人生观世界观不同而辞去。在四川人面前，说四川的事，岂不更足以动听？

呜呼！言论家之道德！言论家之法律常识！楚女对于南鸿向无关系，楚女所在的平民学社，也没有该社社员张闻天君的影子。现在却有人冤枉张君是平民学社社员，又说楚女曾在南鸿作文。张君个人对于平民学社作何感想，我不知道。我对于南鸿却要取一个“索性”的态度——既说我是在南鸿作文，我便要把此篇恳在南鸿发表了！

原载《南鸿》第四期，1925 年 4 月 22 日

告诉所谓“璧山公民”

上星期六，由弹子石讲演回寓，朋友说：“街上又发现了攻击你的传单了。”我问是为什么？他们说：“是璧山人拥护孔子而指你为提倡新淫化的。”我即出而遍索这种传单，苦于无处索得——璧山人既要攻击我，却又不敢送一份给我看，其胆也未免太不“壮”了。两天之后，才托朋友们在某学校的墙上，撕得一张什么《请看璧山公民驳复重庆新蜀报之谬评》的附录。那攻击我提倡“新淫化”的正张，却无论如何找不着了！看过的朋友说：“那正张也无非是指摘你在新蜀报和四川日报上，为了《野合》一文，让来驳辩的那些文字，为不合道法而已。”因为没有看见那个正张的原文，所以只好暂时不提——候璧山人把那正张从新送来。给我看了之后，我再负责答复它也不迟。不过我也可以在这里概括的说几句。璧山人指我提倡“新淫化”，要不外是因为我曾经在新蜀报上附和萝蔓君主张；“凡是专门只是陪男人丈夫睡觉，专门只养小孩，理家而不曾被人家以‘人’看待的女子，都是‘长期的卖淫东西’。”倘若我所未见的那张“正张”，只是以上述的那一个洪水猛兽的主张为材料，而指我为提倡“新淫化”；那么，我就要老老实实的告诉璧山人，现在像我这样提倡新淫化的人，实在太多了：小子算得什么？不过是拾人牙慧，拿肚子做做稗贩而已！璧山人正可留点力气，去反对我的那些老师们！或者璧山人少看书报，还不知道秦汉以下，已有魏晋——不知道已经有哪些人，在那里提倡新淫化吧？如果璧山人肯听，我就可以告诉璧山人那些大逆不道者的姓名：第一名，应该杀了头还要充军的，便是那挪威国的姓“易”，名“卜”字“生”的老先生。他简直叫那些做妻子的，可以丢下儿女一切不管，随便就跑出大门，“实行打破婚姻制度，实行自由恋爱”。第二名，应该办个无期徒刑然后拿来枪毙的，便是法国一个姓“莫”，名“泊”，而行“三”的短命鬼。他专门用了他的好像钢刀一样的铁笔，照着我们大国庄子先生所说的“以无厚入有间”的办法，描写出两个男女赤条条的那一件事。他胆敢说侯爵夫人，脱了裤子，摆在那里胁迫侯爵先生出五千佛郎的支票，然后才肯和他敦人伦而泳“关雎之什”，排演那“易首乾坤”的“文明戏”。第三名，应痛杖八千军棍流六千里发往边瘴之地受罪的，便是我们大国的北京大学教员，贵姓曰“胡”，台甫曰“适之”的那个“徽州老”。他竟敢以堂堂大学教员的资格，做了一本戏，叫做“终身大事”。硬把那在父母之命之下，而且是王瞎子算定了什么属羊的不配属虎的一个定命的女子，弄得和伊的爱人（即大清律上所谓情夫）一溜烟坐了三百O七号黄色汽车，从正阳门向天津偷跑了！呜呼！此岂非洪之水之尤，而猛之兽之更凶者哉？是可忍，孰不可忍！夫子之大道也，丧于斯矣，璧山人若果真有实心，卫护孔二先生之大道，则斯三人者，盖亦活该璧山人去捉来加以零皮细剐，以为天下后世戒者也。倘若我这几句老桐城调子，打得不像，尚希璧山人见教！在此三人之外，其余应该分等治罪者，还有很多，还有很多！如：编《女性论》的冯飞君，著《恋爱论》的日本人厨川白村，及其翻译者任白涛；登载莫老三那篇《五千佛郎》小说的东方杂志编辑人，敢于印行这些违反孔子之道，五伦之首的书报的商务印书馆和中华书局——都应驱之骊山之下，使从卢生等于坑中而为鬼马！萧楚女其人，当然不用说——着刑部议处，夷九族可也！

“子见南子，子路不说，子曰‘予所否者；天厌之！天厌之！’”此璧山卫道者所日夕诵习之《可兰经》也！但记者却愿再介绍璧山人读一篇东西——太平洋杂志上（是何卷何号我忘记了）有一篇姓“西”名“林”的朋友做的《一只马峰》。

话说概括地解释我的“新淫化”责任已完，现在言归正传，再来同璧山人打几句假语村言，结束“大学也者其为人之本与”的发昏章第十一。

楚女于三月十七日新蜀报社评中，赞成璧山女学，要求开放文庙，曾有这么样一个短评——就是“璧山公民”所驳复的《新蜀报之谬评》……

“璧山女学要求废除文庙斋长，提取该庙公产，为县教育经费，我们认为极其正当。现在信仰自由，既已载在约法，孔教一尊观念，自应扫除净尽：而况所谓‘文庙’‘斋长’等名词，原系伴同君主专制，及科举陋习而来？除了像袁世凯，徐世昌等想做皇帝的人，决无一人敢说保存孔庙，是合于国体的事。斋长应废，文庙应改为学校，或其他有用的设备；庙产应用之于全县人有益的教育之上；都是天经地义，无可讨论之事。须知在今日，孔子固为可尊，然只当列于老庄杨墨之列，一律平等，不当再袭汉武崇六艺，黜百家之偏私故智，以为一二劣绅谋饭碗。璧人如知今日中国之男子，不应留辮，女子不应缠脚者，则亦应知孔子不应独享尊崇，而孔庙即不应许其存在。”

所谓璧山公民据朋友的揣想，恐怕就是本城中恨楚女的人所假托的。因为这个传单既不在三月十七以后一两星期内发现，而必待楚女离开新蜀报以后始出。且又不见把公民的名字，是张三还是李四署出，便可见其是一种黔驴之技了！本来现在一般恨楚女的，也正可说是想尽了方法。笔尖一画，假托某某地方公民，就写个二十师三十师人的数目也可以。但我却仍然宁肯相信是璧山人做的；不过这些璧山公民要攻击楚女，却又不敢直书其名，在言论的表现上，也未免觉得有些太怯懦；而在客观的背景，更不免要令人疑心是那些想维持饭碗的“斋长”们干的了！而且传单上七拉八扯，什么话都说了，单只对于楚女所说的“以为一二劣绅谋饭碗”一语，不置一词驳复新蜀报之谬评，对于楚女这个短评，竟不惜费了许多冤枉气力，乌七八糟，拉了好几千字。综合起来，不外下述的几句话：

一、凡民族之有文化创造之圣哲如耶稣，孔子，释迦等人者，其族兴；否则必灭。故苗族蒙古族，虽极骠悍而终必灭亡；犹太固小族，因有摩西开创文化（在璧山人解释，文化即是宗教哲学），所以后来就产出“马克思学说，震动世界；而列宁又公然推倒斯拉夫民族之俄帝国，而建赤俄政府，不可谓非明德之后必有达人也”。

二、就蜀报主张废孔庙，便是“不但要求亡国，直要求亡种矣”——意思是说，苗族蒙古族之衰亡，就是因为没有一个教主可尊，没有去尊崇一个教主。

三、孔教存在与国体宪法无关系——英国无成文宪法，而威士明尼寺中，却祭祀开国以来之帝王圣哲。

四、孔教之存在，不当以有利益无利益为标准。若云孔庙存在无利益而必改为有利益之女学；则重庆地方追悼孙文之数万金，何不移去赈綦江等处之灾民？

我真佩服这位借了“璧山公民”之名觑着我这个短评中内漏眼来出气的先生，居然也能够如此这般，把新旧中西拉做一团——拉成这样一副又臭又长的王奶奶的裹脚布！现在我且问：

一、如璧山公民所说蒙古苗族因无创造文化之圣哲而衰亡；然而那自来就有一个创造文化的释迦牟尼的印度，何以也衰亡了呢？

二、犹太的文化，照璧山公民说是摩西创造的，并且犹太人也是至今还尊敬着摩西的，然而现在的犹太则何如？我们能承认犹太还是一个强国么？

三、因为马克思是犹太人，就能作为是犹太人尊崇摩西的效力之证么？而且马克思的思想，和他所受的教育，有哪些与摩西有关系，——又有哪些与犹太的文化有因果？

四、孔教存在既与国体无关系，那么，为什么近代欧洲要那“政教分离”的问题？为什么去年法国教育界又要明白禁止小学生读耶教圣经及接近一切宗教思想？为什么去年三月二日土耳其政府要驱逐回教教主？裁去宗教基金部，停闭一切宗教学校？且璧山公民传单中，尚有“而赤俄则定马克思为教主，有违反其思想者，动处死刑”一语，又作何解？宗教既与国体（即璧山公民传单中所谓国家组织）无关，则赤俄何以又要定一个与它相合的国教，而且要杀那反对国教的人（据楚女所知：赤俄并无以马克思为教主而杀反对马克思者之事。赤俄所行的，不过是在共产党专政之下，不许有反共产主义存在而已）？

五、英国崇祀历代帝王，便是为孔庙应存在于共和民主的中国之证么？英国是个什么国体——璧山人知不知道？

六、依璧山公民说凡有创造文化之大哲如孔释诸教主的民族，始能兴盛；那么，日本之振兴，欧洲诸国之强盛，其又何以解说？

七、孔教之存在，既不当以利益为标准，为什么璧山公民却又口口声声要说是保存孔庙，尊崇教主，才能使国家兴盛呢？天下事，在论理上果能一件可以离开利益标准而判别其应否存在之价值的么？

八、追悼孙先生与祀崇孔子在时代的利益上已绝对不同。孔子的仁义君臣之说在汉唐时为有用，所以在汉唐时不妨崇祀他；现在的中国，需要的是一个外攘强国，内肃奸恶的具有详密系统的三民主义五权宪法之政治上的策略，所以在现在追悼孙先生是为了他的主义足以救国，实在说，并不是追悼孙先生，只是借孙先生之死而宣传三民主义，五权宪法——这有什么在理论上不通的处所？

璧山公民！我告诉你们，反对我而要保存孔庙的这个传单，在你们自己的思想系统上，实在是矛盾已极！你们一面说在现在的国家社会需要保存孔子之尊严而使中国进于强盛，你们一面又说“夫后世国家之政体制度，应如何设定，方臻完善，责在后人，与古人无涉”！我不晓得现在中国之或强或衰，究与孔子有何关涉——废了孔庙，就有何种大乱降临中国？既然国家组织，社会完善之与古人无关，为什么又把废除孔庙看成问题？我又不晓得我们中国尊了几千年的孔子，何以到现在还是只落得这样兵匪遍地，外力横加？告诉你们吧！你们倒不如直截了当地就说是“萧楚女赞成废孔庙。便是打破了。我们璧山人当斋长的饭碗，所以我们要反对他”——何苦要扯些什么“国家”，“民族”，“文化”等等名词，乱草一堆，像煞有介事地把自己弄得莫名其妙！

璧山公民因为恨我要打破斋长的饭碗，所以不惜故意地来陷害我，明明我在新蜀报答复祥麟君“自去求学还是为家庭赚钱”的问题中，说那以“子在母腹，如物寄瓶中”的话，是汉朝孔融——就是璧山人所欲尊崇的孔子之嫡派后人□说的，该传单上，却偏要归类于我，说是我自己说的（在他们以为此语是骇人听闻的，所以特为指出以重楚女之罪）。又楚女往日作诗虽然曾有父母生我并未得我同意之语；但在答复祥麟君以此语为理由而反抗家庭抚养义务之时，却仍然劝他要以人情相爱为本，三月十日新蜀报通讯栏具在，可以覆按。又楚女屡次答覆青年问及的恋爱问题，总是劝人不要不顾一切，专门只谈恋爱——本埠大樑子邮局刘实秋君即为获得楚女此种答覆之一人。璧山公民故意找些话来栽诬，亦徒见其卑劣，而乏缺正大之勇气罢了！

我还要忠告这位借璧山公民之名来做文的朋友请你过细一点，不要因为要把自己的胡说扯圆，就不惜顺笔乱扯——说什么列宁也是犹太人；说什么列宁推倒斯拉夫民族之俄帝国，是“明德之后，必有达人”。尼古拉列宁这个“达人”被你们换了祖籍，倒不要紧，只不过他的那“达”若真“达”起来？在你们还是不利益的。他不但要不许孔庙存在；并且还要不许不做工而只吃饭的人存在哩！唉！现在一般人，因为要陷害他人，所以就常常诬他人为过激党，共产党；但又因为自己要□一点“新”，要想使人们容易相信他的话。所以又时常乌七八糟地谈一点什么赤俄，什么列宁，而亦不惜称之为“明德之后，必有达人”。可怜一般卑劣者的二重人格——前日孙先生追悼大会我已拜读了许多在暗地里（在学校讲堂上）痛骂孙文是捣乱者，而又极端称扬孙文是伟人的挽联了！

原载《南鸿》周刊第6期，1925年5月初

孔圣学术与英国底机关枪

伦敦《泰晤士报》谓“中国万千学子，不研究孔圣等学术，而注重于语言文字问题，与夫杜威、罗素之哲学，及社会主义、无政府主义，与西方最近发明之理论，率为布尔什维克所乘……对于所谓欧洲资本主义，尤其对于英国资本主义，大施打击……”言下深致慨叹不已！原来中国人这次在上海、汉口、广州，被英国人用机关枪扫射的原故，便是由于中国不安分去“研究孔圣等学术”；而注重了杜威、罗素等“绅士派的过激党”之哲学。原来就是“西方最近发明的理论”，欧洲人可以应用于日常生活之上的，中国人也不应该学它。中国是应当永远沉醉于“孝弟也者”的君君臣臣的“以顺为正”的妾妇中庸之道中，而为欧洲资本主义——尤其是英国资本主义之驯奴的。是不应当对于欧洲资本主义——尤其是英国资本主义，加以打击的。哈哈！好口供！原来欧洲人——英国人，所以崇拜东方文化，所以希望中国人，劝诱中国人去读古书，所以痛恶中国人赤化，所以严防布尔什维克，都只是为了怕中国人觉悟了去打击它们的资本主义。我们中国数千年来的皇帝，都极力地“尊崇六艺，罢黜百家”。满清科举制度，禁止未中举的人读史书。现在一般饭碗教育家，提倡整理国故，提倡埋头读书，用了阴谋禁止学生知道外事，用了“上课”“提前放假”“严格教育”“扣分”等撤台手段破坏爱国运动。原来也都只是在那里拥护一个咕嘬他人膏血，养肥自己——剥削大多数人以养肥少数人的压迫阶级。中国人！你们去读孔圣之书呢；还是愿去谈西方最近发明之理论？你们自己应该晓得！一个蚂蚁，它也晓得怎样离开死境而求生路！诚实的英国资本主义——帝国主义的首席代表！卑鄙险毒的伦敦《泰晤士报》！谢谢你告诉了我们这次所以要挨机关枪的真正原因！

原载《中国青年》第85期，1925年7月28日

显微镜下之醒狮派

一 “国家主义的教育”！

《醒狮》第一期，平公论《内乱与教育的根本问题》，最后的结论说：“在无宗旨无气节之教育家之下无教育。”又，第二期，曾琦的《“内除国贼外抗强权”释义》，说“国贼之种类”有“（卯）朝三暮四，寡廉鲜耻之政客；（未）欺世盗名，不负责任之乡愿。”以《醒狮》自己所说的去衡量东南大学底教育，衡量郭秉文、蒋维乔等之为人，我想至少也总要承认在东大之下无教育，承认郭、蒋等是“国贼”吧？谓予不信，请看左舜生君在《醒狮》第十八期上《论东大事答客问》中说：“照我们底观察，中国的政党并没有侵入教育界，但教育界自身却是已经有了党了！他们避党之名，居党之实，把持教育机关，操纵教育团体，进一步，利用报馆，联络银行；再进一步，勾结军阀，假借外力；虚名所在，不妨让之名流，实利所在，必暗中飞跃，决不放过。”然而今年暑假少年中国学会在南京开年会，正值黄炎培系以教阀势力迫胁郑谦，使蒋维乔攫得东大代理校长之时；蒋怕他们——曾琦、李璜、陈启天、余家菊等捣乱，连忙请他们讲演，表示愿聘他们为“教授”。当时有人叫他们审慎行动，以符《醒狮》二十七期上曾琦答复东大学生李众华等质问他们被东大教授陈逸凡收买的话。（那原文是说："本报（《醒狮》根本企图，在'矫正学风、廓清学阀'；同人对于学阀素有研究（！）颇知实力所在，所谓百足之虫死而不僵：同人正在静观变化，研究学阀操纵把持之术（注意！）究竟如何……。"左舜生却直劝李璜受聘，说"我们是受的东大的聘，与蒋维乔个人不相干！"（此语系他们同派的国家主义者穆济波先生当面告诉我的）于是九月十日《时事新报》"教育界"中在"东大教授除秉志、陆志苇……陈逸凡、徐则陵等数十人外，兹闻下期各科系又已聘得教授二十余人，均国内名硕……"之下，紧接着就有"余家菊"先生（教授教育概论等科）之名了：又《醒狮》第四十一期上载"国家教育协会"简章第八条说"本会会员对于本会有下列各种权利……（乙）于相当'机会'时介绍职业……。"

鸣呼（这是曾琦先生的老调子）！"国家主义的教育"！

二　有几个是实行家"？

李璜先生在《醒狮》第八期上，解释他所主张的"国家主义的野战法"，并举出这些野战法底"屡屡生了效果的""先例"是："同盟会在光、宣之际，对于满清便取这个手段！当时只有几十个铁血男儿不安于现状，认定满清非倒，汉族必无翻身之日。他们便不惜头颅，每省分几个去做锄奸运动。诸君当然记得徐锡麟，诸君当然记得唐才常，诸君当然记得黄花岗七十二烈士……今天恩铭被炸，明天李准被炸，从北京以至广东，无处不有炸弹之声……辛亥革命只是几个人一哄，各省总督便纷纷逃窜，满清便逊了位。这个功是要归之于做暗杀运动的诸先烈，先把满清二百多年的天下弄成了个危局，满清多年豢养的走狗弄得'谭虎色变'，所以一闻武昌起义，大家便跑了！"李璜先生这种野战法，在我们不但不敢赞成——并且还要反对。不过李璜先生既然“算来算去只有这一条路才打得通”，若他能自己就去做这“锄奸”运动，我们却亦不能不予以一种客气的赞成。在一切的革命方法中，只有“暗杀”方法，要算是最简单而又最容易随着个人的意志去实施的了。他既然不要大的群众组织，又无须乎多的金钱设备。所谓“伏尸一人，流血五步”。——只要实行者有一个“决心”便够！但是，李璜先生——乃至国家主义派主张暗杀的一切先生们，现在所在的地方，该有几多“奸”？不说别的，只说李璜先生现在武昌师大教书，国贼萧耀南不就在他底眼前么？李璜先生说：“我不相信同盟会诸烈的精神至于今日便一点儿也不存在！”是的，我也不相信！李璜先生正可以“自身”去“不惜头颅”，为我们证实这个“不相信”呀！李璜先生！我们当然记得徐锡麟，记得唐才常，记得黄花岗七十二烈士！将来或许尤其要记得你这个“李璜先生”！不过我们却在单纯的记得之外，还记得徐锡麟、唐才常，以至七十二烈士们，在他们尚未实行暗杀之先，并没有像李璜先生这样大贴仁丹广告。李璜先生！革命是危险的，它不但要牺牲博士饭碗，而且还要牺牲学者底性命；他并不像“法国文学史”可以随便谈谈，由你提倡一个什么“未来派”“大大派”就可算事的。呼喊革命呼喊暗杀的人，应该站在革命暗杀的尖兵地位！像李璜先生这样居在武昌，眼望着萧耀南摧残武汉爱国运动，帮助英日帝国主义者作伥——眼望着“强权”“国贼”张牙舞爪，却连攻击他们的文章都没有做过一篇在《醒狮》上发表，即连自己的名字都不敢拿出去与国贼一见！暗杀！锄奸！所谓“以知识阶级为中心领导的全民革命”原来就是如此！《醒狮》第二期，李璜先生底同志灵光先生说得好：“中国目前不少新文化大家，乃至主张什么主义大家，说来都未尝不言之成理，持之有故；而结果一般青年都被他弄得一塌糊涂。我在各种诗文乃至演说中读过不少……

‘推倒军阀、暗杀、手枪、炸弹’一类的话；但试问作过这些诗文，乃至于说过这些话的人，有几个是实行家？自己不去实行，只是空口说白话；那么他的主义，他的主张，再如何正大，他的方法，再如何良好，又谁肯听他的引导呢？”我们希望李璜先生，好好地接受灵光先生这个教训！我们“俄国走狗”静待李璜先生为我们排演他自己底拿手好戏——锄奸暗杀！我们晓得现在有许多安那其也正在那里闷气不做声的主张暗杀，所以我们又希望醒狮派尊重自己，不要待得人家做出来了，却引为是《醒狮》销数达到一万余份的效力！

三　曾琦自己打耳刮子——甘脆而且响亮！

《醒狮》第七期，曾琦在《评国民党对于时局之宣言及其态度》中说：“该党之所标甚是，而所行则非，手段往往与其目的相反，历来之失败在此；吾人实为惜之！窃以为该党果欲实践所言，则对内宜与一切军阀断绝关系，而专力于民众之组织；对外宜与一切列强断绝关系，而丝毫不假外援。换言之，即实行吾人（注意！）夙所主张之‘对内的非妥协主义’与‘对外的非亲善主义’是也。”但曾琦老先生却又在《醒狮》第三十五期“外抗强权之战略”中，列举抵抗强权之方法：

（甲）抵抗武力侵略
- ……………………………………
- （B）
  - （一）认定大敌，先排一国；
  - （二）联络与国，以夷制夷；
  - （三）帮助弱小民族以厚我声援；
  - （四）勾结敌国在野党以扰其内部。

然而曾琦先生在《醒狮》第三十七期“国人宜断绝两种无聊的希望”中，却又说“若夫希望外人仗义，尤为无聊之极……吾人只能冀各国因利害冲突而互相牵制，万不可呼将伯于列强，希望他人之仗义，而转自懈其同仇敌忾之心也！至于各国之‘劳动党’‘社会党’与夫二三文人学士，偶有发表同情于我之言，亦不过‘秀才人情纸半张’，实际并无大效……断不能坐待敌国‘在野党’之援助……惟有努力从事于……‘外抗强权、内除国贼’；一切无聊之希望，愿与国人共绝之也！”

四 阶级合作与阶级斗争

《醒狮》第四期，陈启天先生的《醒狮运动发端》中，说“在国家主义的旗帜下，无论何种职业的国民均可一致趋赴，协力图强；否则阶级划分，争斗益烈，国内混乱时局无由廓清，而国际干涉的惨祸终难幸免。”《醒狮》第二十三期，陈启天又说：“我以为对内应否和衷共济，当以国人是否破坏国家的统一为条件……不破坏国家统一的，就与他和衷共济；破坏国家统一的，就不应和他和衷共济；那就是说应‘内除国贼’……”醒狮派以这么正大的理由反对他人主张阶级斗争——说他人主张阶级斗争，是分散了国内革命的力量——自然是对的！然而又岂奈那“在国家主义旗帜之下”的各种职业的阶级，却故意地要和醒狮派捣乱，要故意地不“一致趋赴”，不“和衷共济”何？请看醒狮派同志自己怎么样说：《醒狮》第十四期张介石先生说：“大商则不过于持筹握算以外，犹能交结官府，送旧迎新而已！至于对于外资之跋扈，政府之凶横，则俯首帖耳，逆来顺受而已。”这已足证明在“国家”这个标的之下，各阶级并不能“一致趋赴”。而《醒狮》第四十三期，胡瑞荣先生致“慕韩兄”的书中说：“中国人缺乏革命性，安于守旧而惮于破坏；可与乐成而难与图始；而尤以‘绅’‘商’阶级为甚！此两阶级在社会上颇具势力，常能指挥其他之各阶级而与军阀妥协。故人民虽痛恨军阀而不能与之反抗者，皆此辈在其间作缓冲也。故我辈今日欲‘除国贼’，宜先向两阶级劝导，使其向军阀绝缘。若不听命，则向其进攻，先去军阀之爪牙，然后易于打倒也……”则更是明明白白说绅商阶级底实质，是个“破坏国家统一”而不能“和衷共济”的东西——主张在他们不听劝而又不觉悟时应该“向之进攻”了！然而曾琦先生却要说：“惟吾人所异于共产党者，即该党主张“阶级斗争”，绝不容有绅商阶级存在，吾人主张‘阶级合作’，苟彼等而能觉悟，断不绝人为善耳！”原来醒狮派在绅商阶级不听醒狮之命而与军阀妥协破坏统一之时所下的“进攻”，却不叫做“阶级斗争”而名为“阶级合作”！假使今后有人专来提倡醒狮派的这种“阶级合作”，不知醒狮派还骂他们是受了俄国的津贴——或者月给十七元（其实，月给十七元五角也未必不可，醒狮派乃调查得如此清白。）或者岁支三十元——的作用否？好！这样的“阶级合作”，当然是可以在国家主义旗帜之下存在的，而且也是在国家主义旗帜之下必然应有必然不免的。原来醒狮派和“俄国走狗”并没有什么不同！不过醒狮派不敢用“斗争”这两个骇人听闻的名词，而易以欺己欺人的“合作”两字罢了！至于说共产党虽“绝对不许绅商阶级存在”，其实共产党也并不是不容许这样的人存在，正如醒狮派所谓苟彼而能觉悟，断不绝人为善一样。共产党之所以要以阶级斗争去消灭一切阶级的目的，也正是为的要把全人类弄成功这种的“人”呀！譬如俄国帝制时代的许多绅商阶级，有的自甘放弃了绅商阶级的生活（即破坏统一的阶级性），已经不是绅商阶级，所以现在都在俄国国内当着快活的共产社会之一分子；有的仍然尚不能有曾琦先生所要求的那种“而能觉悟”，依然还坚持着绅商阶级的人生观，所以就被俄国政府仿效了曾琦先生底办法，所谓“在彼等未彻底觉悟，完全与军阀（帝制和外国帝国主义）绝缘以前，决不停止进攻”。所以就有许多“白党”流离在外，要惹得胡国伟先生远从巴黎写信者给《醒狮》第四十一期，说“有一俄国难民，携一幼妹，逃来巴黎作工，每见华人，便泣告以：‘其家九口被中国红军杀死者七’了！”（至于这难民底话是否属实，可以不问；好在他是反对赤俄的人，所以大概总是实在的！）

五　左手之矛直攻右手之盾的醒狮派（一）

李璜先生在《醒狮》第八期中，主张“我们决心要革国内军阀的命，国外洋大人的命。……唯一的下手办法，便是靠群众力量，得着多数的分子，怀一致的理想，抱一样的精神，去与军阀和洋人‘野战’，先使他们应接不暇；以致他们内部造成了恐怖现象，然后我们才说得上夺取他们的政权。”他底“野战法”，便是像他所举的“先例”——那些徐锡麟、唐才常所行的手枪炸弹之“暗杀”。然而灵光先生却又在《醒狮》第十八期上说：“在革命期中，我们对于外国一切之既成条约（那些保护洋人生命财产的神圣条约当然也包含在内），均照旧遵守，俟实力充足之后，再来收回一切主权，取消一切不平等条约。”一个国家主义者，要我们学暗杀家徐锡麟，去造成洋人的恐怖现象；一个国家主义者，又要我们学“外崇国信”的段祺瑞，谨守奴隶卖身契上所写着的死亡命运！但《醒狮》第五十期上，却又特载一篇《旅法各界救国联合会告国人书》，对五卅案提出十二条件，内有撤退各国海陆军，收回租界，收回海关主权，撤废领事裁判权，收回租借地与割让地，废除一切不平等条约。

灵光先生在《醒狮》二十三期上说："我们所主张的革命是政治革命，是全民革命，是先行对内，而不是即时主张什么反帝国主义。现在有许多人主张反帝国主义，谓一切军阀均是帝国主义的爪牙……但我要问一句，我们现在即行反对帝国主义……我们有得胜的希望没有……故我以为反帝国主义的第一步办法，是在于先剪帝国主义的爪牙；而且内政不清，未有能够对外的。"是的！"剪除帝国主义的爪牙"；"先清内政"！但曾琦先生却比我们看得清楚："是故军阀只能害国……其背后往往（注意！）各有外人之势力在，方且（注意！）假外力以固地盘。"是的！"先清内政"！主张反帝国主义的，都是俄国的走狗，"月给十七元或岁支三十元"的！请看你们这些不愿"老等世界平民革命"的非俄国走狗，怎么样去剪除那"方且假外力以固地盘"的帝国主义的爪牙！

李璜在《醒狮》第一期释国家主义中，说马克思以唯物观念解释"国性"、否认国性的说法太简单了——所以他底结论就自然而然的走到偏激地步。这是指马克思不该说国家是从人类经济生活中产生出来的，为此一胜利阶级用以治服其他阶级的工具而言，诚然，马克思这种唯物的说法，在唯心的李璜先生，当然是要痛恶的。然而李璜先生在同一文章中，却又说近代的"国性问题的显著，一半是由于拿破仑的压迫，一半还与当时的文化程度与交通的发达有关系，然后方才真正认识了彼此之不能苟同，彼此之不能受制。"在李璜先生，或者对于"拿破仑压迫""文化程度发达""交通发达"都不认为是"生活"、是"物质环境"、是"经济"吧？其实，因为拿破仑压迫和文化交通之发达，使民族间产生了横的"分地而食"的国家观念，与因为资本生产制掠夺剩余价值之压迫，和文化交通及帝国主义争霸市场之纷扰的发展，使阶级间产生了直的"阶级革命"的必然事实——都是一样的一部无机的社会进化史之开展！

《醒狮》第二期曾琦说："吾人提倡国家主义，但为保护本国，初无干涉他国之意。'打倒国际资本帝国主义'一语，含有干涉他国内部组织之意，显然为一种世界革命。"但他却又在第三十五期上，主张"勾结敌国在野党以扰其内部。"醒狮派的国家主义，既是自保的而非侵入的，那便当然与欧美各国之国家主义不同。欧美各国之国家主义，是要在国家主义之上以军阀主义建立帝国主义的。所以刘文海就译帝国主义为"大国家主义"（他怕用帝国主义犯了俄国津贴的嫌疑）；所以就惹得余家菊先生急的面红筋涨汗流赶忙去骂刘文海，辩白说国家主义不是帝国主义。然而陈启天先生却在《醒狮》第四期上，偏偏要说："我们深信现在的世界虽异说横流，而主要的思潮仍为国家主义。英、法、日（注意！）三国固是国家主义弥漫全国；即美国的国际主义和俄国的共产主义也都是国家主义在背后作主。"

李璜先生在《醒狮》第四十六期《国家主义与世界大势及中国问题》中说："事实明明白白告诉我们无所谓'国际的'帝国主义，在他们利害冲突彼此吃醋之中，我们大可利用外交手腕，暂时联络法、美以抗英人……因此我们反对共产主义者高唱打倒一切帝国主义，老等世界平民革命，否认外交的功效。"但他接着在下面却又说："中国的问题，只有中国人全体一心自强自卫才能解决；亲日、亲美和亲任何帝国主义的国家固非解决之道……"

曾琦在第七期《醒狮》上说："对外宜与一切列强断绝关系，而丝毫不假外援……即实行吾人夙所主张之对外非亲善主义。"李璜却又反对共产党打倒一切帝国主义，而要讲求"外交的功效"！

六　左手之矛直攻右手之盾的醒狮派（二）

陈启天在四十四期《醒狮》上说："合全国国民力量去打倒军阀，摆脱外国的压迫尚恐不足，那有余力从事于世界经济革命？空呼几声打倒帝国主义，不惟表示国民浮浅无知，对于国事没有相当的步骤，反足引起外人的嫉心一致谋我。"原来"摆脱外国的压迫"与"打倒帝国主义"不同。原来在现在的世界情势中，要求中国从列强压迫中解放出来，要求中国从欧洲资本主义共同经营的"市场"地位上得到民族独立，还不是一种对于世界资本主义而行的经济革命。原来列强之"协以谋我"，乃是自从喊出了"打倒帝国主义"之后才有的。原来因为怕列强协以谋我，所以就要驯服承受帝国主义者之压迫；所以就要甘让帝国主义者存在。"我们没有余力去打倒帝国主义"！但不知醒狮派所羡称的土耳其之革命，是否就是一种打倒帝国主义的革命？但不知现在正在撑持中的里孚人，是否也是在那里打倒帝国主义？空喊打倒帝国主义，因此引得列强协以谋我！但不知《辛丑和约》是不是空喊打倒帝国主义的结果？但不知华盛顿《九国公约》是不是空喊打倒帝国主义的结果？

空喊打倒帝国主义的人是浅浮无知，只有作那"初由小群合成大群，合大群而成部落，后渐扩为市府，再扩而成国家；国家者，乃讲自卫谋生存发展之较大的团体也！"的论文的人，才是真正深厚有知。

《醒狮》第十八期，灵光先生主张"在革命期中，我们对于外国一切之既成条约，均照旧遵守，俟实力充足后，再来要求废除一切不平等条约"；于是他便断定："我们的革命，只要不与他们所（？）一致的利害冲突，他们因为彼此的态度不能一致，对于我们的革命，绝对（注意！）不会伸手干涉，这实是我们肃清内政的好机会。"这是灵光先生底大发明，我们自然只有尊重。但请看！《醒狮》第七期郑伯奇先生由日本写回来的信："这回奉军背后有多少日本人？奉军危急时日本浪人（都是参谋本部和陆海军省的御用走狗）怎样着急？东京的国民大会就是这些军阀和军阀走狗一种恐慌的表示……冯玉祥的内应，把山海关的胜仗弄得首尾颠倒，一百四十万元的本钱，可以使冯玉祥唱这幕戏，毕竟张作霖是老手；《大阪每日新闻》说价钱便宜，日本出一半，也值得……""肃清内政的好机会"——"只要不与他们所一致的利害冲突"——"只要遵守一切既成条约"！灵光先生的新发明！

七　李璜在法螺中认亲戚

在每期的《醒狮》上，总少不了有一篇"呜呼！共产之祸也！"的"哭头"。依照他底说法，现在的俄国，是比十九层地狱（？）的情形还要坏一万倍。"共产政治"在俄国已经差不多杨梅疮要冲上顶了——谁一靠近它，便是谁当宣布"死"的到来了！然而李璜先生吹法螺，却又要去拉这个洪水猛兽不可响迩的共产主义俄国——即醒狮派朝朝夕夕孜孜汲汲生怕他用了阴谋以十七元一月买收青年赤化了中国的那个俄国——以为重。他说列宁采取新经济政策，就是承认他们的国家主义的经济政策为必要，大声幺喝着："总之，在这暂时，我们的国家主义的经济政策已经取他们（俄国）的共产主义的经济政策而代之了！"（见《醒狮》第十五期）我记得《阅微草堂笔记》上，说有一户人家，因为要旁人相信他的家世高贵，在他的母亲出丧时，写了一个长铭旌：大意是"头品顶戴兵部尚书左都御史太子太保总督××等处××大臣隔壁豆腐店王奶奶之柩"。李先生硬要在一般素来没有留心到经济学，没有把国家主义、国家社会主义、共产主义加过详细分析的醒狮读者之前，说列宁是李先生的“老表”，说俄国是醒狮派的“外家”，自然谁也无法干涉。不过俄国现在所行的，既然已是被你们“取而代之”的国家主义的经济政策——是你们所朝夕梦祷祈其实现而不得的国家主义；那么，中国人就都去受了俄国的十七元的津贴，立时把全部中国弄得“俄国化”，又有什么不好呢?《醒狮》上正应该另辟一栏，专门宣传那由你们取而代之的俄国新经济政策，而题其名曰：“风起云涌之国家主义的团体”；再在下边系以注解，说：“方今之赤俄，亦吾国家主义之一团体也！”（此注解最好请曾琦先生做）李先生！你不要太夸奖俄国过度了！小心你们所不愿打倒的——不敢去打倒的那些帝国主义者，在背后也把你们注入“红籍”；使得你们自从在巴黎和任卓宣们斗气到今，努力要把自己藏入“黑籍”的工作全部毁弃了！并且，一旦沾到了红的色彩，是最危险的——第一，恐怕你就不能再在大学当教授支薪水了——因为在资本主义伦理观尚未改变的时代，是不容有和共产主义的俄国做亲戚的博士的。

李璜先生说现今的俄国就是行的他们底国家主义的国家；这是在拥护国家主义的方面，在要人相信国家主义的时候说的。曾琦先生在暨南学校讲演，说：“故今日俄国所行，乃一种社会政策，非共产主义也”；这也是在要人相信国家主义和要人不相信共产主义的时候说的。但在别的时候，俄国又变成了罗刹海市、夜叉之国。嘴是两块皮，只看资产阶级的工具们，喜欢如何说便如何说——只要有利于他们自己和他们所要拥护的阶级。

八　醒狮派的逻辑

曾琦在暨南学校讲演，说：“则试问铁道国有制度，非共产党之所企图乎？而在中国则铁道国有之结果，乃为交通系所把持，无异于梁士诒之私有；此岂非道德不发达，不足以行共产之明证耶？”我现在谨效曾先生之方程式，为读者另说一段如下：“德谟克拉西之议院政治，非醒狮派之所企图（者）乎？而在中国则议会政治之结果，乃为安福系及贿选猪仔所把持，无异于段祺瑞曹锟之私家宅舍，此岂非道德不发达，不足以行国家主义而仍应度其原始的部落生活之明证耶？”

曾琦在同文中又说：“盖欲试行共产主义，须（一）国防能力充足；（二）国际关系简单。”国际关系简单之国，却还需要国防能力充足；国防能力具备充足之国，却又能够使国际关系简单——这只好在柏拉图所著的书中去找；在眼前这个资本主义交互综错的世界上实在找不到——有之，或则在曾琦先生之脑中。

曾先生又说：“孔子圣人，当年未七十以前，固犹无资格以参与无政府之社会也；吾辈常人，更何望哉！”依曾先生，则是无政府社会者，一群斩斩齐齐的耳聋眼花七十以上之“圣人”集合所也！以此人世间绝对不会有之条件，驳倒无政府主义者；信仰无政府主义的朋友们，宁有不心折而转入“吾之国家主义”者乎？

曾先生又说共产主义必须的精神条件有二：“（一）共产观念普遍，必全国了解共产为何物，然后可以实行无阻；（二）公共道德发达，必人人奉公守法，然后分配可得其平。”难怪李璜先生向人说：“我们以两年为理论时期，两年期满，再谈实行。”我初以他们必须两年为奇怪，为什么一年三百六十四日都不可以实行？原来他们是照他们在法国得学士的办法，是要有那多日子，才能毕业！可惜火星相隔太远，不能让我们遵着曾先生之教，将中国四万万同胞暂且搬到那上面去授课，待得人人了解共产，娴习法度之后，再回地球上来实行共产。但我也有一句话忠告曾先生，便是你们的国家主义理论时期，只定两年，恐怕太短。如果真要照曾先生所说先须使得人人都先明白国家主义，那末，虽然不必如孔子参加无政府社会，须至“七十而从心所欲不逾矩”；但至少怕也必须至“四十而不惑”吧？我的《论语》没有曾先生记得熟，还是请曾先生自己酌量！

九　一半儿空想一半儿妄

沈怡先生在《醒狮》二十一期上，写信慕韩先生说：“弟尝用空想，苟能组织一旅行团，尽捆载（小心这两字把人当了‘物’，落了唯物主义的窠臼。）今日国内争斗不已之军阀以西，使之周游各国，略睹他人进步奋斗之状，则至少可以换新几个头脑；更组织一旅行团，尽载今日为‘共产’‘大同’之说所惑之青年，使之周游各国殖民地，稍领略弱小民族之苦况，至少当有一半可以醒悟。惜哉，其不可能也！”我们对于沈先生提议的后一半，非常欢迎。假使能够实现，我相信沈先生底主张可以帮助中国赤化加速，比俄国“月给十七元或岁支三十元”的力量要更大一百倍。对于前一半，我们只好忠告沈先生在那些游历各国的军阀归国之前，沈先生须先将家眷行李及祖宗坟墓搬出中国为妙——因为留学归来之武博士，比现在的将更会“爱身”——自然他们也很爱国，譬如游历欧洲的徐树铮，便时常有爱国的文章，而且有反对俄国的文章，在《申报》上发表；自然他底头脑是“换新”了不少！

十 “国际资本帝国主义问题”与醒狮派之原形

曾琦先生不懂“国际资本帝国主义”，在《醒狮》第二期上说：“今世界亦但有‘英吉利资本帝国’，‘法三西资本帝国’，‘美利坚资本帝国’，‘日本资本帝国’；无所谓‘国际资本帝国主义’。何则，彼等之利害冲突，固无日不在暗斗之中也。所谓‘打倒国际资本帝国主义’一语，乃自实行共产主义之苏俄（按曾琦先生在《醒狮》三十四期上说‘今日俄国所行，乃一种社会政策，非共产主义也。’）发出，彼以共产之眼光观察世界列强，根本制度相反，自宜视为一丘之貉……”原来现在的“列强”，在非共产主义者曾琦心目中，还不是“一丘之貉”。原来因为日、法、英、美时时冲突，所以就只有某某资本帝国，而没有国际资本帝国主义。但不知在临城案中，提出一致要求的，是不是那些曾琦所说的非国际资本帝国主义的“亦但有某某资本帝国”的日、法、英、美？但不知“彼等之利害冲突”，有不有时候也可以“利害一致”？但不知我们所常用的什么“国际贸易”“国际贸易政策”这些名词中的“国际”字样又如何解释？大概也是那“实行共产主义的苏俄”硬造出来，乱加上去的吧？有国际贸易而无国际资本帝国主义，唯一的原因便是国际贸易的名词不是苏俄发出来的，所以就“有”；而国际帝国主义的名词是由苏俄发出来的，所以就“没有”。

醒狮派底唯一口号，是“外抗强权”。但《醒狮》第十八期上却说：“在革命期中，我们对于外国一切之既成条约，均照旧遵守，俟实力充足之后，再来收回一切主权，取消一切不平等条约。”原来醒狮派的外抗强权，是和段祺瑞的“外崇国信”一样的。“照旧遵守一切既成条约”！这便是醒狮派“大无畏”的外抗强权！难怪要说“打倒帝国主义”是共产主义的俄国用钱买了我们来作祟的了！十八期《醒狮》上又说："我们现在即行反对帝国主义，我们得不得与外国宣战？我们于实力未充足之前，我们即行如是，我们有得胜的希望没有？"原来醒狮派是"有"实力"外抗强权"而"没有"实力"打倒帝国主义"的。原来"打倒帝国主义"，并不是"外抗强权"之一种。原采醒狮派的"外抗强权"，是与"打倒帝国主义"的方法不同的——他们虽"抗"，却不至于像打倒帝国主义者那样要弄得与外国宣战的，原来凡一说到打倒帝国主义，那是就须与外国宣战——若不与外国宣战，就不能算是反对帝国主义的。原来醒狮派的"外抗强权"是只说着玩而不实行的——因为他认为现在还是应当遵守一切既成条约的时代。原来因为我们还没有得胜的希望，所以就只能说"外抗强权"，而不能说"打倒国际帝国主义"。朋友！李璜说我们在中国提倡共产主义是太早了！你们现在"于我们实力未行充足之前"，即在《醒狮》上大吹大擂的"外抗强权"，不也太嫌"早"了么？

曾琦先生说（《醒狮》第二期）："打倒国际资本帝国主义一语，含有干涉他国内部组织之意。"外国人用"资本帝国主义"侵略我们，我们要去打倒他所用的这个"主义"，逼着他对待我们另换一个"主义"——何至于就是"干涉他国内部组织"？照曾琦的"宋襄公主义"说，那末，我们对于外国资本家在中国所行的"资本移植"政策，也不应当反对了！因为"资本移植"政策，就是国际资本帝国主义具体表现得最露骨最厉害的一种侵略，我们若要去反对他，那便是去"干涉他国内部组织"了！呜呼！醒狮派的"外抗强权"！外国这样来侵略我们，压迫我们，政治的、经济的、文化的，各方面把我们桎梏得连气也出不来——上海、广州、汉口、重庆、南京的同胞，让他们用了达伊尔主义任意屠杀；我们还不应当去"及汝偕亡"地向帝国主义进攻！就是去干涉他国内部组织——干涉这些压迫我们的仇敌的内部组织——譬如鼓动他们底下层阶级（平民）起来推翻他们现在的这种以侵略我们为目的政府，又有什么在道德上不应该的处所？因为要避免干涉他国内部组织，遂并打倒国际资本帝国主义的口号也要反对！仁义哉！这大概便是余家菊所谓“无人而不自得”的“本国历史中的好东西”吧？这大概就是醒狮派说我们不应骂倒他的“东方文明”吧？呜呼！醒狮派的“和平的自卫的国家主义”！然而曾琦先生在《醒狮》三十五期上，却又叫我们抵抗强权要“运用外交”；而运用外交时，则可以“援助弱小民族厚我声援”，“勾结敌国在野党以扰其内部”！原来援助弱小民族如印度、朝鲜，以及“扰其内部”，都是和因要打倒国际资本帝国主义而“干涉他国内部组织”不同的！可怜的酒醉头脑！

曾琦又说：“吾人若仅以打倒资本帝国主义为号召，万一世界上有非资本帝国而以武力临我者，或据我之领土，或强我奉号令，彼时吾人何辞以对？”杞国的天要塌了！怎么禁得曾先生不如此担忧。然而试问曾先生，我们可不可以当现在还没有这样一个非资本帝国而以武力压迫我的国家出来之时，暂且说打倒资本帝国主义；等到有了那个国家出来时，再提甚么别的口号呢？又试问曾先生，就是你自己承认的那些“英吉利资本帝国”“美利坚资本帝国”……也应不应该打倒呢？依你的，纵然没有国际资本帝国主义，却已有了某某国家的资本帝国主义——现在我们就暂且将“国际”两字取下，单只留一个“打倒资本帝国主义”，你还反不反对呢？外抗强权的醒狮派！你们不但拥护资本主义，而且拥护帝国主义！你们反对“打倒资本主义”，反对“打倒帝国主义”，反对“阶级斗争”，反对“共产主义”，反对苏俄——一脉相承，都只是为了你们自己是小资产阶级出身的资产阶级的轿夫。阶级斗争，共产主义，打倒国际帝国主义，实现世界经济革命，都是从根本上铲灭资本主义的现制度的，所以你们要拚命的反对。什么国家主义，什么反对俄国赤化中国，什么“呜呼外蒙”，什么“外抗强权”，什么“实力尚未充足”，什么马克思学说并不真确，什么阶级斗争分散了革命力量，什么在国家主义之下，各种职业可以一致趋赴，什么“共产党人受俄国津贴”，什么俄国强捕中国使馆人员，什么“新俄祸”，俄夷马踏中原，什么俄国要把中国并为苏维埃联邦之一……拆穿西洋镜——只是反对共产主义的那一点“褊心”在那里作怪。更精粹一点说，只是拥护资本主义的那一片赤忱——那一片不可告人之隐在肚子里作“发条”，使得百代公司的唱片背出响亮的“哭灵牌”“请宋灵”来。超麟同志在《中国青年》七十二期上说：《醒狮》知道“有系统地提出所谓绝对的国家主义来抵抗共产主义”。这话未免太恭维他们了！他们那里能够有系统？我们只略微在这五十期《醒狮》中一加检查，便已找出他们无数的矛盾，简直千疮百孔。不过他们能够不顾前后，随口乱咬地始终作那拥护资本主义的工作罢了！英国保守党、美国共和党、意国法西斯蒂……都还要去找一个一贯的逻辑；而他们却不顾这些，一个人说的话可以完全两样，可以前后完全相反，这是他们横绝宇宙的特殊精神！日本的贵族反对“相续税”，还能找出一个“歪”的理由，说：“家族是日本的特色，因为家族发达起来，所以今天日本才成世界无比的最良国体；若是想推翻家族，就是想和推翻日本国基一样。”（见小川乡太郎著《社会问题与财政》，译本第二百零四页）可怜他们连这种日本贵族都不如！然而他们之所以竟至以如此之意气，在那里背诵留音机的根本原因——还是要怪我们共产党人自己不好。李璜在武昌师大向一个四川人周君说：“我们所以要如此，都是由于他们硬逼出来的！”曾琦李璜在巴黎时，办一《先声》周报，时发学者式的政治经济学说，尤以曾琦好谈天下大事。我们底任卓宣、伍豪几位同志在《赤光》杂志上，偏要时时去指出他们的谬误，纠正他。尤其是显得曾琦底那支《新民丛报》式的文笔和他那两大传统思想——即李鸿章的“以夷制夷”，张之洞的“中学为体西学为用”——益发难堪。本来一切博士们都是要找一个幌子来谈一点“什么”的。譬如胡适谈白话文，黄炎培谈“职业教育”，陶知行谈“平民教育”，江亢虎谈“新社会主义新民主主义”，乃至舒新城谈“道尔顿”写信给柏克赫斯特女士。任卓宣等硬要损伤曾琦先生们的这种“将来发展之伟业”，损伤他们的“自尊心”；自然他们就不能不纠合团体来与共产党作对了！其实说他们本来就有心拥护资本主义，也是冤枉。不过他们既与共产党有了生活上的仇恨（恕我对于唯心派的你们用了这种唯物史观的句子），遂不能不走入那一条路；遂不得不与一切反动势力（凡足以帮助他们而致共产主义以多少之打击，使他们可以出气的——譬如下至张德惠等之言，也不惜引以为重。）相联合罢了！可怜的怯懦者！有勇气的，尽管说：“我拥护资本主义，我承认资本主义在道德上应该存在——所以我反对共产主义和共产党”好了！可怜你们却又要在表面上承认寡妇应守贞节，而专门说些：“俄国月给十七元或岁支三十元”的话侮辱人类，同时也侮辱你们自己！其实，你们只单说共产党得俄国金钱还不得力；你们应该说共产党挖小孩的眼睛，把女人倒吊起来轮奸，吃死鼠，尿屎不揩屁股，以人血当酒饮……等等像天主教神甫在欧洲募款时，在影片中形容中国人野蛮的那样。

十一　请看醒狮派之“诚实”！

李璜先生说：“**每逢**国家有了外患，或被人凌辱，或被人侵犯，则欧洲人无论英、法、德、意那一国的国民**皆不能一日**安于故常；**很**规律而且熨贴的一日三餐，很温柔而且美艳的少妻稚子，沙发椅何等舒适，比雅乐何等悦耳，**皆一旦**舍去而不顾，置身战壕，饱受炮弹，十人而九死！”（《醒狮》第二期）他这话是要用以证明爱国思想在人类界是普遍存在的本能。但我们要请读者想想那些旁边打有圈圈的字样中，到底含有多少的“诚实”！

又说：“贵族阶级在今日欧洲，**最穷**而无实力，然在乡城则尚居各阶级之顶；其次始为所谓大绅士，即大农主大实业家；复次为……所谓小绅士……最后乃工人。以最末一级之工人比最高一级之贵族，则工人之所入**往往**比贵族为多，以小商店伙比之官中执事人，则其经济生活亦前者远过后者。但贵族之女，无论如何不愿下嫁工人；而官中执事人虽终岁劳苦，无有存储，而总鄙小商店伙为贱业。并且不但同在军中奉职之士官，出自行间者与出自学校者，乃有阶级的蔑视；即在乡村共同作业之农家，出自旧家者与来自远地者亦有阶级的等差。同是工人，做细工者，每鄙粗工；同在工厂，为工头者每鄙杂役。凡此事实，皆非一经济观念为之中心，而社会为惯与知识等差在足以助成阶级的歧视，若果主张阶级斗争，则凡此等等皆足为战争之端，何独只取**大绅士**与工人之对立状况，而尽弃其他？”（《醒狮》第十七期）他这段话是要用以证明阶级之应当存在，为人间天然之事实。我们除了请读者注意字旁有圈的地方，含有多少诚实之外；还要请注意他：为什么不把工人的收入与次一级的大绅士——大农主大实业家相比？又为什么偏偏不用“大资本家”而故意要用“大绅士”的名词？贵女不嫁工人，官中人鄙小商店伙，是人间道德上应当认为“对”而予以维持的么？所谓“社会习惯”，是不是由于人类之经济生活逐渐演变而成的呢？知识高下，足以助长阶级歧视——是不是凡是贵族大绅士都是“智”者，而凡是工人小商店伙都是“愚”者呢？因为细工鄙粗工，工头鄙杂役，遂连工人反抗资本家掠夺的阶级斗争也不应该有么？一般所谓“阶级斗争”，到底是指的经济上的平等要求，还是指的知识上的平等要求，李先生大概久已明白——为什么要故意地将知识问题扯来加在阶级斗争中，诬赖主张阶级斗争者是主张知识平等呢？是不是因为知识不平等，就当承认经济也应该不平等——愚者是应该受智者之剥削虐待而过牛马不如生活么？阶级歧视之观念，如军中士官学校出身者鄙视行伍出身者，到底是那士官底先天本能，这是由于社会的生活环境之暗示与资本主义化的教育之结果呢？打倒了经济上最不平等的资本家阶级，举一切社会生活习惯、道德观念、教育目的、文化制度而变更其根本之意义与鹄的，试问还有什么“尽弃其他”的足以使人受罪的阶级存在？（知识阶级和伦理的父子兄弟阶级之存在，是不要紧的，因为这些阶级本身并没有一种工具去掠夺他人，吸他人之血养肥自己。）

余家菊说：“共产党人受苏俄经济的援助，更以金钱收买学生……‘于是’**强迫**各校长予以宣传之自由，致送**各**教员以早行入党之威吓。偶拂其意，便下令**各**该校中之党员，鼓动风潮，伺机爆发，或则捏造谣言毁损对手方之人格，或则乘势掠取对手方之位置。此种现象，‘吾’于武昌目击而身历之，于**各处**又‘耳闻’之，其为全国之‘耻’而非一地方之‘羞’也必矣！”该有多少诚实？今后，凡一教员因无能，因与他人不和，因拙笨而不能战胜狡猾政客式之学阀，因不为学生所喜而被驱逐时——都可以说是“俄国津贴的共产党作祟”！大概北京女师大、南京东南大学以及一切的学校风潮，都与加拉罕有关——都是俄国使然。“吾……于各处又耳闻之”！二十一条之外，又有此“而非一地方之羞”的“全国之耻”——余博士的新发见！但李璜说：“我们绝不回骂你们共产党受了俄国人的金钱运动……”——该有多少诚实？

李璜说法国工人反对法国共产党主张国际公道，不许法国占领鲁尔时，说了这样一段话；“讲国际公道不是在今日，至少要等到德国赔款来把我们法国**北方战区修复**以后，说什么各国平民联合便有希望，如果德国老是这样**赔款不送来，煤炭挖不来**，我们生活便老是这样昂贵，**工厂便要关门！**”这个工人的口气，十分活像法国煤铁资本家，十分好像法国政府。可惜李先生没有替我们记了姓名，告诉我们在那一地那一时说的！该有多少诚实？

又说：“请看上海的外国人，**有几个**是资本家？上海那些洋人在本国**都是**以劳力卖钱的；**最多**的是修理机器的工人和商店雇工。一到中国来，工资有加，红利有加，不几年他们便丰衣足食了！”这是要证明侵掠中国的，并不是洋资本家而是洋工人——证明在中国并没有洋资本家，也就没有资本帝国主义！该有多少诚实？

又说：“**现在欧洲平民**家里，比我们中国**缙绅**家庭还要阔绰得**多**；一个机器工人，平均一天有六七元进款，回家坐的是沙发椅，睡的是钢丝床，吃的是大酒大肉。**他们**天天在看日报，**他们都**知道他们的生活所以能增进，便**全靠**他们的资本家政治家能够在殖民地和中国找到了制造品的销场（李先生这句话可以作为教训曾琦使他了解国际资本帝国主义的材料）。他们并且知道由某种机会，他们的资本家在殖民地和中国赚的钱是很多的时候，他们使用罢工的手段，去叫资本家增加工资与红利：所谓**利益均沾**，不肯放松一步的。”原来如此！该有多少诚实？“请看在上海的外国人有几个是资本家”和“他们都知道他们的资本家在殖民地和中国……”这样的句子排在一篇文中——该有多少诚实？外国工人的罢工，原来也是侵略中国的——大概李先生是叫我们知道要反对帝国主义的侵略，就须得先将各国工人阶级消灭；或是要使得各国工人阶级甘心驯服不向他们底资本家要求增加工资红利，然后才行吧？该有多少诚实——资本主义的拥护者——掠夺者的辩护士！

又说：“生老病死苦这五个字，在我们中国谈起来，很是可虑可悲的；而在他们（李先生所认为已行国家主义的欧洲各国）国里，自从有了国家主义的社会政策，**简直便不成问题了！**”该有多少诚实？

曾琦答复章书谦君说，反对共产党的文字，不必向外翻译，因为是“不足为外人道”。诚然，诚然！这样的反对共产党，当然是为了国家的体面不翻为是，因为此乃“全国之耻，而非一地方之羞也！”

说谎为人生第一可耻事，而醒狮派恬然为之！

十二　谁是“以人当物”？

陈启天先生说（《醒狮》第四十四期）：“共产党人过信唯物史观，只将人当物看，所以完全缺乏人味！”我们——共产党人——要求以阶级斗争，消灭一切的阶级——不许那一个人利用那一个人以为获得生活资料之资——反对资本家驱使工人，把劳动当商品，把工人当器械用。醒狮派反对我们主张阶级斗争；承认经济上的不平等阶级应当存在。到底谁是以人当物？到底在谁的社会中的人们的生活，是“缺乏人味”？陈启天说共产党所谓劳农专政，是“与尚贤的旧思想冲突”；《醒狮》上又主张“蒙贤治蒙”。在你们底“尚贤政治”下，试问又有多少“人”在你们心目中而不当做“物”看？

十三　什么是“本国文化”？

陈启天列出一个国家主义与共产主义的比较表，说国家主义是“拣选本国文化”，共产主义是“推翻本国文化”。《醒狮》上又再三讥弹共产主义说“中国文化只有小脚与辫子”这句话为蔑视自己的文明。我们不懂所谓本国文化究是什么？所谓本国文化，当然是本国所特有的文化。我们在中国所有的文化中，打起灯笼找遍了，也没见在小脚与辫子之外，还有什么特别的东西值得我们引为光荣。列位不相信，就请听国家主义派的同志，恽震先生在第二十一期《醒狮》上说的："我不甚懂得所谓'东方文明'。若说忠孝节义这是人类（就是全地球上的每个人）宅心处世的态度，我们只要提倡忠孝节义的教育：服务尽忠，事亲尽孝，立身重节，处世论义，在工业发达的社会里何尝不可以提倡？若说文学美术，这也与国民生计有关，长此贫乏下去，大多数失业的人将何从而论文作画，文学美术终久不过是少数暇豫逸乐的人所享有。我们要使多些人享受到艺术的愉快，似乎应该增进国民的生计，使大家不偷不盗，然后才讲得到给民众以享受文艺的机会……若说东方文明是东方先哲的哲理学问，那更没有问题，工厂开得多，理工学校到处皆是，我们仍旧可以有若干大学，容纳有志的子弟去研究先哲的哲学。我所以说，只要尽量提倡工业，不必顾到精神方面的偏枯，就是这个道理。"恽君的话，简直是代表我们说的。请问仁义、道德、忠、孝、节、义、文学、美术，既都是人类同具的本能或倾向；则除了小脚和辫子之外，还有什么是东方文明——中国文化——所特有的？还有什么是东方先哲的哲学之特质？我们共产党除了叫劳动者反抗掠夺自己的资本家，除了反对男人压迫女人，反对寡妇守节；我们何尝推翻本国文化——又何尝有些什么本国文化让我们推翻过？我们叫人们现在"不必顾到精神方面之偏枯"——反对人们专门去讲精神文的原故，乃正是因为有经济上的不平等阶级存在，"大多数失业的人将何从而论文作画，文学美术（乃至一切精神文明）终久不过是少数暇豫逸乐的人所享有。"我们所以不忘那"仓廪实而知礼节，衣食足而知荣辱"的两句"国民常识"（去年"少年中国学会"在南京开会，左舜生君向余家菊君说二语是国民常识），而被你们骂为以人当物看待，就是因为要"使大家不偷不盗"。朋友，且不论除了小脚和辫子，中国并没有特别的文化；即令有什么特殊的文化，我们也只把它放在世界文化史上，和犹太文化、埃及文化、英国文化、美国文化一样看待。恽代英先生说得好："革命的能力，发源于主义的信仰与群众的党的组织，若说必须承认自己文化的价值才能谈革命，请问里孚人中间并不会产生尧舜禹汤文武周公孔子等圣人，亦有革命的可能否？我们不应拿一国的文化来决定他的命运，这样才不至于因羡慕人家的文化而自甘屈服（如一般美国化的学生）；亦不至于因鄙夷人家的文化而公然自认有任意蹂躏宰割的权利（如一般人对蒙、藏、苗、蛮的观念），更用不着因不顾屈服于人家而虚骄恃气将自己的文化高抬起来。中国文化，如知仁的知，博爱力行的仁，行仁不怕的勇，择善固执贯彻始终的诚，不过是中国少数圣哲的化理思想。这种思想既不是全中国人所共有，也不是中国人所独有。我们决不说马克思的学说是德国的文化，列宁的学说是俄国的文化。"我们也不崇拜那"德国，德国，于兹独绝！"的侵略主义之象征物。然而陈启天先生却要控告我们推翻本国文化，以期诉诸人们的感情，好对我们激起愤怒来！

十四　难懂的新玄学

李璜先生说："每个国民人格的放大，便是国家的人格；这种国家人格的缩小，便是每个国民的人格。"那末，我们中国现在的国家人格，就是由于我们这些人的人格放大出来的了！李璜当然也在内。——从五卅运动表现出来，是无耻、怯懦，甘为奴隶；然则，李先生的人格当然也是如此了！但中国国家人格缩小的结果，为什么又都不像李璜，不像我；而又有袁世凯，又有张作霖，又有李彦青呢？

李璜先生说："爱的本体——或称良能——终有它的独立存在价值。所以我们谈感情生活，在在不能离却人的天性说话。认识了天性上本有这种爱，则爱国、爱乡或爱人，方有真实的源头，而不是虚浮的。于是方了然我们爱国并不是随声附和或有意铺张，是本乎天良而又缘于实际，有不得不然的意思。"为什么李璜先生又说："这个国家意识，国性问题的显著，一半虽由于拿破仑的压迫，一半还与当时文化的程度与交通的发达有关系；然后才真正能认识了彼此之不能苟同，彼此之不能受制"呢？

十五 "苏俄走狗"的答复

第四十三期《醒狮》"笔枪墨剑"中，质问我们——"苏俄的走狗"（这诚然是一个可以出气的恶骂）——一些俄人在蒙古的事实。现在我们答复在此："当我民国十年夏间，外蒙国民政府成立之初，蒙境所受白党之蹂躏，诸务废弛，几不成国。国民政府，乃与俄缔结协约十二条，得俄种种援助，始克百废俱举。故与苏俄关系，异常密切。"这段答话久已写在《醒狮》第四十期中——是贵同志谢彬先生代表我们说的。但希望你们不要疑心谢君也是苏俄的走狗——因为他实在没有得到每月十七元的津贴。

沈怡君问："俄之于我外蒙，何故念念不忘，而必欲置诸苏联统辖之下。"这很容易明白：（一）是因为中国无力替他制止那些白党谢米诺夫、霍尔瓦特等——去利用蒙古，图谋推翻他底共产政治，复辟皇政；（二）是要贯彻他底世界革命主义，扶助弱小民族获得完全的独立；（三）是蒙古那块地方，日本或其他帝国主义者久创利用其走狗——如前几年日本之于徐树铮——去建立甲必丹政治，以南进而侵略中国，北进而破坏俄国的反资本主义之建设！关系中东路，也无非是因为日、法、美诸国在旁边垂涎，一旦放手，即不免为他们攫去——攫去即与中俄两国不利，最危险的是可以供给白党作巢穴，用为反革命之利器。

中俄会议迟开的原因，是因为加拉罕要求遣散张作霖张宗昌部下的成千成万的白党兵革除中东路白党人员。因为他们都是足以给赤俄以政治上之危险的。只因中国可怜的中央政府，权力办不到，所以才至于迟延。最近加拉罕已经让步而先开会议之幕了！醒狮派放心！请你们还要记得去聚集精神以严防关税会议中帝国主义者之分赃罢（最要紧是监视日置益）！

李景林逮捕天津爱国运动者，“东方通讯社”即拍电报说：被捕者已在严刑下招认受俄国领事津贴，《醒狮》从而和之，也说“闻”天津方面亦有人受俄金钱运动。现在请看八月三十日（？）《京报》所载雷殷（反对共产主义之议员）谈话，说：“并无此事，此不过日人故造谣言，欲尽坑学生于赤化中耳！”

《醒狮》第四十五期，丑伦杰问俄国为什么逮捕华使馆人员。关于此事，赤塔中国领事耿匡先生（即耿济之）——即大家说他也是被捕人之一的——曾有一信登在专造此谣的研究系机关《时事新报》上（可惜我未能剪得），仿佛说他不但未被捕，而且中国所传之事，与他数年在俄所见，完全相反。目然，俄国的否认是不能算数的——因为他是共产主义的国家！（譬如最近帝国主义者造谣，说俄蒙又订了什么铁路条约，加拉罕否认，《醒狮》说加拉罕是狡猾的，否认了也还是有的。—— 一定要认为是有，谁也把你们无法。但别的帝国主义者如有什么事而出以否认时，便再无人置疑。——唯一的原因，便是因为俄国是共产主义的国家。）不过有两点可以反证：（一）造谣者为什么不逼外交部抗议？（连对英对日都敢抗议五卅案，为什么既有这事而不向俄抗议？）（二）为什么外交部始终没有关于此事的正式公文宣布？稍安勿躁，不久外交部自有交代给你们！

我要声明我们并非完全与俄一体者，俄若真有什么侵略我们的事实，我们还是与对待帝国主义者一样的反对。只因《醒狮》既呼我们为苏俄的走狗，好像硬认定这些事就是我们做的，所以我们只好尽我们的所知答复于此。

十六 “减杀对外的战斗力”？

醒狮派相信在他们底国家主义之下，各阶级是可以本了天然的爱国本能，“一致趋赴”着去对外的。所以李璜先生就以海外归客之资格，谈瀛说谎，说欧洲无论那一国的人，每逢一有国家患难，便能舍了一切的沙发椅、比雅乐、美妻稚子而赴死不顾。（第二期《醒狮》）所以他们就要说共产党人在“国内鼓吹阶级斗争，以减杀对外之战斗力。”醒狮派实在太恭维我们了——我们鼓吹阶级斗争！阶级斗争是可以由人去鼓吹的么？我们若有这么大的本事，岂不成了瞒天过海的八洞神仙？唯心的先生们太“从心所欲”了吧？我们暂且让一百步，暂且不拿我们的唯物史观的理论和醒狮派说——暂且请看醒狮派自己所说的话。《醒狮》第七期上，承认中国现在资本家多是阀的化身和走狗底国家主义者郑伯奇先生，由日本写回来的信，告诉曾琦、李璜说：“你们要揭出最简单的口号，如辛亥革命以前‘排满’‘光复’的口号，把握住那最可爱的农工阶级的同胞的心！惟有这农工阶级才真是爱国的。你们看看俄国革命，贵族跑到巴黎依然过贵族的生活；音乐家入了美国国籍，依然发挥世界大家的声誉。与祖国同命运共甘苦，始终死守着祖国的，只有农民和劳动者。德国怕也是一样，国民被赔款苦得要死，Hugostirnes 反成了世界第一等的大资本家。再看看咱们这可怜的祖国和同胞，好成的军阀和煽乱的政客都是租界构有堂的宅第，政变发生，租界上便充满了要人的车尘马迹；呻吟在枪刀水火之下，死不离祖国怀抱的，只有农人劳动者和卖命的兵士！——这是一种变态的劳动者。朋友们！祖国的生死存亡全在这些可怜的人们的双肩上，你们的国家主义，也只有这些人们才肯承受的。”郑先生不是得了十七元一月的苏俄走狗，他底话，当然比我们说的总有几分道理。“你们的国家主义，只有这些人才肯承受！”“爱祖国的，只有农人劳动者和兵士！”说我们减杀了对外战斗力的醒狮派怎么样为我们下一转语？我们说“劳动者无祖国”，便是说劳动者在现在这种史丁纳（Stirnes）所藉以发财而有事时又跑去入美国国籍的“祖国”中，是不应当去“爱”它的。劳动者是最能爱国的，但他只爱他自己的“祖国”——消灭了贵族资本家以后，史丁纳也一样的同他们在生产界做工（劳心的或劳力的）的时候的那种“祖国”。所以德国劳动者不应当爱现在握在工业资本家手中的祖国，美国劳动者不应当爱现在握在银行资本家手中的祖国——因为你爱了它并无益处，你在这里爱国，资本家却在那里私通外国（法国占领鲁尔时，史丁纳实参加其协议）；有利，他们发财；有害，他们跑了！所以劳动者只应当拥护那已经成为劳动者“自己所有”的社会主义的国家。劳动者如能在各个地方，把他们自己的祖国扩大，使全地球而成为一个苏维埃国，强迫一切资本家和贵族都变成了劳心劳力的工人时，便没有了“祖国”，而获得了整个的人道、正义、自由，获得了“世界”！在正义之前，公理之下，资本家和贵族是不应当不受大多数劳动者之强制的——杀了他们也应该，他们都是已经犯罪的囚犯。不过从唯物史观上认识社会进展的“时代”，却也可怜他们是被已往的生产关系——无机的社会经济组织之非人类意识所能支配的定律推着走，所以也允许他们放弃了罪恶而同劳动者一样的做工，我们是本于这样明显的事实，这样自然的客观律，促进（鼓吹提倡之名，太恭维我们了，不敢承受）阶级斗争——大呼郑伯奇先生所认识的“最简单”的、和“辛亥革命时一样”的工农兵联合的口号！

十七　专政问题

醒狮派不相信“国家是统治者压服被统治者——资本家剥削劳动者的工具”这句话。所以他们反对俄国的劳农专政。他们拾了帝国主义者的谣言，硬相信俄国烧毁托尔斯泰的书籍，禁止萧伯讷的戏剧是事实。现在我们且不辩护这些事的没有；更不必和醒狮派空化时间谈理论。我们且说事实。第一我们要问：设若有一群反对资本主义，主张共产的共产党，在法国秘密结社，图谋实行社会革命，到处发行他们底书籍，扮演他们底戏剧时，这时法国政府对之应该如何？是不是逮捕、禁止、监禁、死刑、烧毁书籍、放逐外籍共产党员？史丁纳在德国，有造船厂，有森林，有钢铁厂，有银行，有报馆，有各种的矿，他能够使法国占领鲁尔时，不能不先和他商量。他可以垄断舆论，他可以收买国会中若干议席。他若运用他底金钱之力，便不难使行政、立法、司法三权和他发生密切关系。他不难指挥他的报馆说德国劳动者应该下死力替史丁纳作工——因为那是发展实业，挽回利权。他可以暗示着大学教授们拥护阶级存在的伦理学说（自然不是每个大学教授都如此卑鄙）。他更可以利用海陆军和警察压迫工人对于他的罢工。假使法国的钢铁业在世界市场上和他的销路相抵触时，他的报馆，他的大学教授，他的国会中的议员，便会一致的说“德国，德国，于兹独绝！”；“我们要勇敢的赴前敌去发挥德国文明”；“我们要爱国”。千千万万的战费，则征之于人民；万万千千的死尸横在疆场上，则来自“有意识有系统有组织的国家主义的爱国教育”中——征兵制度中。胜则史丁纳获得钢铁市场，或获得足以辅助钢铁业发达的煤矿——如法国战胜德国后之所为。（收回亚尔沙士、罗南，占领鲁尔）。败则从新又来爱国，作工，加税，还赔款，挽回利权，报仇——舆论、教育，一切如是。于是社会的风俗、道德、伦理、政治、法律乃至宗教（德国教士得罪了史丁纳时一定募款就受障碍）、科学（日夜研究如何发明俭省人力而生产力大的机器——必如此才可专利受奖）、美术——可以说一切都要史丁纳化。在这种史丁纳国家中，劳动者主张权利是反叛；说“工人无祖国”这话的人是犯了道德上的罪，是煽惑人心；共产党当然更应该“杀无赦”。请问：这不是资本家欺骗群众，剥削工人的工具是什么？现在的英、美、日、法、意、德……除了俄国，那一国不是如此？那一国不是在德谟克拉西面具之下，实行第三阶级——资本主义的专政？这种专政便是道德上之正体，而俄国的劳农专政便是罪恶！俄国专政便是违反了自由平等的原则，而英美则否！我们请问醒狮派，请问我们现在的中华民国应不应对于满清皇党专政呢？应不应该对于袁世凯的帝制党专政呢？将来醒狮派得了政权，曾琦先生坐在北京总统府中时，也能允许我们共产党肆行反对你们自己否——也还要保存你们所说的自由原则否？依你们的，是俄国现在应该让一般资本家和帝制派去自由活动，好将俄国现在的政府推翻；让康有为、升允、金梁、江亢虎自由活动，抬了溥仪来把中华民国的共和招牌下了去么？拥护资本主义，原也可以；但应该光明地说，我们的资本主义应该横行一世，俄国推翻资本主义而且实行禁止资本主义之图恢复——我们应当一致地去和他拚命。却不应该假借正义自由之名，说专政是罪恶，是不道德，以欺骗群众！朋友！只拿

《醒狮》不及《向导》受摧残之甚和醒狮派人不及共产党人在在有生命的危险二事看，就已足够证明国家是“阶级的”了！私有财产制不废除，资本生产制不改变—— 一切生产机关不公之于社会而为私人所占有时，阶级是自然要生出来，而且要分化发展得愈明显的。阶级一日存在，阶级斗争便一日不会消灭；国家也便一日不得不被有力阶级——得胜阶级用为工具。有产阶级专政，是用国家这个东西保持自己的地位，役使他人——使阶级继续存在。无产阶级专政，是使生产社会化，废除私有财产，将一切生产工具归之于社会公有——使阶级消灭。俄国劳农专政，不是反自由的，乃正是在定问日由之路的过程中——正义之初步的累积工作。假使托尔斯泰、萧伯讷的著作中，含有破坏劳农专政，足以帮助资产阶级张目之处，禁止、焚烧，是应该的。唉！专政！辛亥革命如能继以民主主义之专政，则今日之中国必不如是；将来醒狮派当国，如不专政，则北洋军阀一定会利用“自由”，鼓动军队，先将曾琦、李璜杀了再说（请读者参看《中国青年》第八十六期《反抗五卅惨杀运动中所见的阶级斗争》）！

十八　中国今日之劳资阶级

《醒狮》说：中国还没有劳资对立的阶级；又说：“中国劳资阶级，还没有到你死我活的地步。”我们还是和醒狮派说事实。事实太多，我们苦于不能遍举，只好且举一二，以见其概况。据农商部民国七年的统计，就已经有：

类别		人数
制造工厂工人	染织	302666人
	机械及器具	16361人
	化学	119789人
	饮食物	151677人
	杂工厂	35085人
	特别工厂	13063人
	计	638641人
运输工人	铁道	71800人
	海员	约150000人
	码头工	
	车辆劳动者	
	计	221811人
矿山工人		530885人

类别		人数
市政工人	邮差	约12000人
	电灯	
	电话	
	电报	
	自来水	
	清洁夫	
	计	12000人
农业工人		
政府直辖工人		21640人
外国工厂工人		324362人
总计		1749339人

在上表所列的工人之中，已有工会组织者，据一九二四年八月所调查计有：

铁　　路　　四四、八〇〇人

海　　员　　四五、〇〇〇人

矿　　工　　二六、二〇〇人

湖　　南　　二六、〇〇〇人

武　　汉　　三二、三〇〇人

上　　海　　一六、三〇〇人（按五卅时上海总工会所属已有二十万人以外）

粤　　港　　五〇、〇〇〇人

其他各处　　三〇、〇〇〇人

总　　计　　二七〇、六〇〇人

我想谁也不能否认中国有赁银劳动阶级之存在吧？这些劳动者所过的生活怎样呢？自然一部分铁路工人和海员，是比较的稍好；然而且看我举一例，如：山东博山煤矿轻便铁路工人的生活是：工人住处，上搭芦席棚的土洞，每一间大长方形的棚洞，住三四十人。夜间三四十人同排在地窖中。每日工作从早五点到晚八点——十五小时。推煤出洞下山，每次车钱六十个铜元，每人要每天推两次，才可得一百二十个铜元，一百二十个铜元之中，要送十五个给“工头”。每日须买公司自卖的贵面，五十余个铜元，咸菜四个铜元，烟卷六个铜元，每四五日要费一双布鞋，所余还有几何？铁路经过偏僻地方，没有女人，夏天工人还可随便不穿裤；冬天简直要命。铁路由山上倾斜而下，推车飞跑，偶一不慎，便连人带车血肉横飞，每礼拜必有三四次惨剧发生。死了还要公司考究原因，有时徼幸可以得着二十元恤金；考究不出原因，就算你是白死！再看！上海公共租界工部局调查：上海共有童工总数十七万三千二百七十二人。其中十二岁以上的男童四万四千七百四十一；女童十万另五千九百二十一。十二岁以下的男童四千四百七十五；女童一万八千一百三十五。共在二百七十五个工厂中作工；内属日本者三十二，英国二十四，美国十二，意大利七，法国五，葡萄牙、瑞典、比利时各一，英美合办者二；其余一百九十厂，均为中国资本家所办。很多不过六岁的童工，在大工厂中做十二小时以上的工——而且是终日站立。分日夜两班，直到星期日才停一班。工钱按日，至多不过小洋两角。那些童工多由包工者（Contrastor）在四乡招来。每月不过给其父母两块银洋——包工者可以向工厂得到四元上腰。在棉厂中的童工，大多数工作时间是十三小时十五小时。许多工厂中，当夜工时，儿童们都因太疲乏而滚在棉堆里睡着了——工头看见，便加毒打。丝厂中以女童工及青年女工为多——成语说“一个小孩当两个成人”。小女孩子站在地下，向沸水盆中捞丝头——十指见骨。早六时至晚六时——间或还要做夜工，并须先十五分或二十分到厂。一气要站五六点钟。厂中温度，常为湿气所包孕，久在炎湿蒸气中，尤易疲倦；工资由二角至二角五分。尤苦者为火柴工厂——九枚铜元一天。工厂内又无防火设备。作火柴盒的外工是母子同作工，每千个盒的内部，九个铜元。每千个盒的外部，七个铜元。一个妇人，两个小孩，一天可成二千至三千个部分——精疲力竭。又据他们调查，上海的苦力人力车夫等的收入，算比中国任何地方较高的。平均计之，苦力每月得十五元，人力车夫得八元，而一人及其妻眷的生活费，最苦也须十六元，方能过活。上海小沙渡日本内外棉厂，作工十二小时，而最低工资且有少至每日二百文的。时常毒打工人，连大小便都要先领"厕牌"——三四千工人，只有两块厕牌。在这种生活中的工人，共计九公司二十二厂，三万五千余人。照以上所举的事实，请问醒狮派，到底中国有没有了劳资阶级？这些劳动者倘若要向资本家要求改良待遇，增加工资，到底应不应该？值不值得同情？资本家对于此等劳动者，动加高压——像青岛五月二十九日的屠杀，上海顾正红的屠杀且不说，只说郑州豫丰纱厂工人因要求增加工资，厂主穆藕初竟不惜用三四百流氓，殴打罢工者，诬调解工潮的京汉路工人为赤化，打死韩玉山、王长保两人。——这是国家主义的同志恽震先生所亲见的（闻恽先生现在该厂当工程师）。劳资斗争还没有到你死我活的地步么？绝大的流血惨剧——阶级斗争，如京汉路"二七"惨杀，广东商团事件中商团和工团军农团军苦战的事实，已经写在历史上明明白白。《中国青年》八十六期中所举的资产阶级的自利性，反国家性，也已经明明白白摆在我们鼻尖上！醒狮派却还要说中国没有劳资阶级；说各阶级可以合作；说阶级斗争是减杀对外之战斗力。当中山收回粤海关时，电请安格联抗议，保护他们底内债基金的，不是上海的中国商人和银行家么？当去年江浙战争发生时，上海马路商界联合会，便通电主张"租界未收回以前可不顾主权，而于法典约章之外，都可委曲就商。"——以托庇于洋人，而保护他们的财产！醒狮派昧良说谎，袒护资产阶级，还要说我们硬把五卅运动强扯成阶级斗争，举“南洋烟草公司”和“招商”“宁绍”等公司捐款之事，证明劳资合作。朋友！“南洋公司”捐款，是要劳动者替他做工具，延长对外罢工，好让他战胜“英美烟草公司”呀！“招商”“宁绍”是要乘机在长江沿海抢钱呀！虞和德与纺织业无直接关系，所以他就说海员罢工好而纱厂罢工不对（参看《中国青年》第八十四期）——无非是“三北公司”有几只船可以抢“怡和”“太古”之利，而又希望着多有棉纱包装运罢了！事实在这里，每个妇孺都会知道它是哲学的真实。醒师派故意装做不见，硬不承认劳动者——被压迫阶级有自我意识要求好的生活；硬说阶级斗争是共产党所鼓吹的。告诉朋友们！北京外交部久已就行文各省，说：“俄党女子，潜入内地，乔装卖笑，宣传共产共妻主义，事关风化治安，希即严行取缔”了！用不着醒狮派再来表现中国国民之无常识！资产阶级的轿夫！依你们，天天向劳动者去唱那“不要动气”的歌：“我们耕田，人家吃大米；我们织布，人家穿新衣。我们自己，为什么受冻忍饥！咳！你若是不胡乱用钱，就没有这个道理——劝你不要动气！”使得每个被压迫者，都成为很驯服的甘被剥削者；像娼妓仰卧在大路上，摆着阴户让人随意轮奸那样——是不是？

我要请你们答复我，你们到底反不反对资本主义？

十九　世界的平民不能联合么？

李璜在第四十六期《醒狮》上说：“共产党只见着欧洲各强国在国内资本家与平民的利害冲突，而便未见着在国外他们的资本家与平民一致了！”李先生举的事实是欧洲各国的工人生活都极好，他们都知道他们底生活之好，是由于资本家政治家在殖民地和中国侵掠得来的——所以他们很赞成资本家侵略殖民地和中国；很赞成法国资产阶级政府占领德国的鲁尔。并且说欧洲工人，一知道资本家在中国赚了多钱时，他们便以罢工要求加薪。所以不但欧洲工人是侵略我们的同谋者，并且他们底罢工就是直接刺杀我们的利刃。李先生在这样的自己谎言之下，遂断定我们不能希望联合世界平民，"老等世界的平民革命"！我们没有见着欧洲各国资本家和平民在国外的一致合作！醒狮派的同志是见着了的！《醒狮》第五十期上，就载有一封由巴黎寄回来的信——报告他们所见着的欧洲资本家和平民一致对外的事实，他说："此时英国已陷于孤立的地位（指其因上海五卅案），而其内部政潮复烈，工党极端反对与中国开战，欲借此问题为倒阁之资。最近英政府由澳洲调两舰赴中国，该两舰不独不应命，反自动的开回伦敦。"做这个报告的，是"旅法各界救国联合会"，系以"青年党"（曾琦在法时所组织，专以反对共产主义为目的）为中心；由那向法政府告密说：六月二十一日要求陈箓签字抗议五卅案的学生都是共产党，以致许多旅法爱国者被逐的——何鲁之（青年党书记）先生所指挥而组织的。这报告当然可以靠得住。李璜先生！世界的平民联合不可能么？广州现有被压迫民族联合会，内含有印度、安南、朝鲜的革命团体和我们的"农民协会""青年军人联合会"。五卅运动中，有印度共产党、朝鲜革命者所组织的五百余团体联合会、安南革命党、土耳其青年国民党，蒙古国民党、波斯和埃及底国民——都曾特派代表，在中国共产党本部所在地参加反抗帝国主义的工作。"路透社"曾电传印度代表在香港活动的结果，使香港印人大愤，英帝国恐慌，一夜中遣散三百余印人——并枪毙数人（当时上海各报载香港电云枪毙三百人）。柏林无党派五百万知识劳动者所组织的"国际工人后援会"通电慰问，说："黄白种的资本家压迫你们的民族，同时也压迫我们的阶级；你们之敌，即我们之敌（六月六日）。”“伦敦国际职工联合会”电祝我们战胜一切反动的势力（六月六日）。第三国际通令四十二国共产党及工团，一致动员高倡“从中国放开手”，“勿干涉中国”；并于必要时以罢工援助中国。“全俄职工会”首先汇十万元接济上海罢工（六月十七日）。“莫斯科国际平民大会”。檄告全世界平民援助东方民族独立运动（六月十二日）。第三国际和赤色职工国际电商第二国际及黄色职工国际以实力援助中国（六月十七日）。“莫斯科华侨大会”，三十九国共产党代表莅会，议决阻止列强军火运入中国（六月十五日）。“苏联无产阶级学生会”，电称“愿与中国学生、国民、工人携手并进”（六月十六日）。曾服务于巴尔干半岛之俄兵，宣言反抗帝国主义，援助中国（六月十五日）。六月十七日莫斯科电，全俄各地均因中国事件，有示威及募捐之事，全俄农民亦一致奋起。苏联职工会于六月四日电中国工人请其坚持到底。莫斯科纺织工人，特为五卅案开“反抗压迫中国大会”。海参崴工人定出数小时作为援助中国工人而做之工（六月七日）。六月十二日莫斯科举行五十万人之大示威游行，援助中国。法国“劳动总同盟”捐款二万五千金卢布（六月十五日）。“日本劳动组合评议会”与大坂各劳动团体联合会合派代表，调查日本资本家虐待中国工人之真相（六月六日）。日本劳动总同盟，欢迎上海罢市（六月八日）。东京市内三十六劳动团体，领袖人四百余名，为五卅事件开会，被警察干涉，逮捕多人（六月九日）。英船行至神户，华籍海员罢工；雇用日本海员，日本海员拒绝，反醵款欢送华籍海员归国。英国“独立劳工党”要求取消领事裁判权，完全承认中国人管理中国（六月十日）。英国“职工联合会”电北京“中国劳工委员会”，相信五卅运动足以促进东西工团主义，成为有力之团结。六月十八日英国劳工党分电各支部，反抗英政府压迫上海群众。英国矿工首领电首相，反对利用英国舰队帮助厂主压迫华工。柏林“国际工人后援会”召集“勿干涉中国会”，到代表八百余人。捷克斯拉夫“国际工人救济会”为五卅事件开会，到者二万人；丹麦、挪威、荷兰，均有此等大会。六百万工人所组织之“英国劳动同盟大会”声称欢迎中国工人所起之叛乱。英国共产党提出“勿侵掠中国”的口号，迫英政府容纳下列条件：（一）赔偿被英兵击毙或受伤中国人家属之损失，取消司法调审沪案之办法；（二）取消外人在华领事裁判权及不平等条约问题，应召集一特别国际会议，俄国亦须加入讨论；（三）中国关税问题，列强无须干预；（四）中国境内之英国海陆军队及战舰须立即撤退，各国政府必须担保不破坏中国之主权。英国少数派工人，正在煤矿罢工中，尚汇一百三十金镑给上海总工会。以上这些事实，都明明白白在最反动的研究系报纸中和帝国主义通讯机关“路透社”“东方社”电稿中写着。说现在还未到时，世界被压迫者之联合尚无大力，尚不足以一举而歼灭资本主义，是可以的。说世界平民联合简直不可能，无望；说欧洲资本家和平民（劳动者）对外是一致；则明明是《醒狮》在那里出力替资本主义蒙蔽群众！

二十　半截的国家主义

李璜说：“有些人说，现在一些人在中国提倡国家主义去图自强自卫，难免将来不流为帝国主义去侵略别人。”这本是对于醒狮派的一个绝大疑问。李璜答复，是背诵了一段“礼运”——大道之行也，天下为公……。说我们祖先就是和平的，以证明他们不会流为帝国主义。并没有说出一点可以制止他“不流”为帝国主义的切实方法。

张介石说：“西洋的罢市罢工，都是积极的罢市罢工。换言之，罢市以外，还有其他准备；罢工以外，还有其他动作。至于中国式的罢市罢工，则仅限于罢市罢工而止。试问如此简单而和平，怎能使租界上有凶器的洋人向你屈服呢？”一点也不错！然而张先生却没有对于应该怎么样去准备“其他”的话，说出一字。

曾琦叫我们勿希望军阀救国，勿希望外人仗义，真是千真万确。然而曾先生指给我们应走的路，却只是“要之，时至今日，我已处于背水之阵，非有项羽破釜沉舟之志，难收韩信出奇制胜之功！吾人鉴于军阀之不足恃，友邦之不可靠，亦唯有努力于民众之组织，以期成一大势力，实行‘外抗强权，内除国贼’。一切无聊之希望，愿国人共绝之也！”除了“排句”和“故典”之外，只有“组织民众”一句空话。对于如何“期成一大势力”，却一字未说。我们钻到各处去组织民众，醒狮派又说我们是苏俄走狗，赤化中国。醒狮派却又尽管“云腾雾驾，终究是滴雨不落。”

陈启天叫我们预备国民实力——也是一样的“且听下回分解”，没有结论。

灵光君说：“什么是国家的抵抗？即以这个国家作为一个对外防守的目的物，以抵抗外来的侵略者，其目的在将此国家弄到文明地位，而后更进一步，再将此文明为全世界人类谋其幸福。”却对于如何才能“弄到”的切实方法一字未说，只是在结论上说：“翻开《大学》第一页，我们的精神，更已明明白白地写在那里，我们现在实行国家的抵抗，不外实行着治国平天下的第一步啊！”啊！

二十一 《醒狮》小心赤化

依《醒狮》的理论，凡是由《向导》周报或《中国青年》喊出来的口号，凡是与苏俄有关系的口号，便都是“共产主义的”。所以他要浩叹：“呜呼！吾中华民国全国学生总会，竟以苏俄共产党之口号为口号！”而要“为我全国青年学生扼腕太息”了！其实，《醒狮》出世太迟了！十三年七月十八日——在《醒狮》出世之前两个多月，北京国立八校教职员联席会议，久已就发表了宣言，主张废除不平等条约，接受了打倒帝国主义之口号，依《醒狮》和右派的造谣，学生会是共产党把持了！难道北京国立八校教职员底脑筋也是受了共产党人的操纵么？并且，就是《醒狮》自己也受了共产党人的嗾使么？打倒帝国主义，废除不平等条约，收回海关主权，取消领事裁判权，反对基督教教育，联合被压迫阶级及弱小民族，那一个口号不是在这两年中由《向导》周报站在民众面前，作“向导”喊出来的？《醒狮》第三十五期，不也随声附和主张“援助弱小民族”，“勾结敌国在野党”，“收回海关主权”，“严禁学校传教”么？在巴黎的青年党（旅法各界救国联合会），不是也一样的对于五卅案提了十二条：收回租界，废除一切不平等条约么？小心哪！赤化要紧！

《醒狮》根本上发生于“投机”心理，没有中心的信仰——什么时髦，便也赶着什么后面打号子。国际妇女日（三月八日）是一个纯粹红色的共产主义运动；他那以反对共产为职志的《醒狮》（第二十五期），却也把旧酒灌入新瓶——扯些什么花木兰、韩世忠夫人、沈云英、秦良玉的腐败不堪的英雄思想附会其上，以装点它是“近代”青年的读物。它又再三佩服土耳其国民党——却不知土耳其国民党是和蒙古国民党一样的，是受有苏俄的实力帮助的。它歌颂广州的学生军，却又不怕研究系所指为红党的蒋介石沾染了它！我们不是说这些不许它称道——它肯帮着宣传，正是好现象；我们只觉得在看见它底投机性罢了！

二十二　民族主义问题

《醒狮》说共产党既加入以民族主义而革命的国民党，而又承认蒙古独立，“使我之领土分裂”，是矛盾。它底理由，是蒙古乃五族之一，所以应该受中国管辖。但我们不知道曾琦先生还欢不欢迎五族之一的满洲人溥仪做中国皇帝？如其不欢迎，而且要为文问段祺瑞“何以不杀溥仪”；则曾先生所服膺的孔子已有遗教在曾先生肚子里——“己所不欲，勿施于人。”非侵掠的保卫的国家主义，似乎也应该让蒙古人自己去讲一下。国家主义不流为帝国主义么？对于蒙古问题，业已开始在“流”了！告诉朋友，国民党之民族主义，在党纲上是：“有两方面之意义，一则中华民族解放；二则中国境内各民族一律平等。”又在宣言中说：“国民党敢郑重宣言，承认中国境内各民族自决权。”原来民族主义有二种：一是资产阶级的民族主义，主张自求解放，同时却不主张解放隶属于自己的民族，这是矛盾的民族主义；醒狮派奉之。一是无产阶级的民族主义，主张一切民族皆有自决权，主张自求解放，不受他族压制；同时也主张解放隶属于自己的弱小民族，不去压制他，这是平等的民族主义。蒙古人愿意脱离中国与否，我们应该尊重蒙古人自己底自决权。我们并没有去鼓动他们，我们只反对一班人否认蒙古的自决权而已！

二十三　国民党与阶级斗争

《醒狮》又不懂共产党既加入各阶级合作的国民党，而又主张阶级斗争。国民党第一次代表大会宣言，解释民生主义说：“盖国民党现在从事于反抗帝国主义与军阀，反抗不利于农夫工人之特殊阶级，以谋农夫工人之解放。质言之，即为农夫工人而奋斗，亦即农夫工人为自身而奋斗也！”左舜生先生在第三十二期《醒狮》上，引我在重庆所作文驳恽代英君，不知那文乃是站在一个谨守国民党党纲的地位上立言。

我们很奇怪醒狮派反对阶级斗争的动机。曾琦先生说：“革命之对象，为军阀官僚，则被捣乱者乃军阀官僚而非人民也。革命之动机为反抗不良之政府，则陷于恐怖者，乃少数之当局而非多数之良民也。即令革命时期，人民不免稍受惊恐，然此乃一劳永逸必不可免之举也。今且假定革命手段为危险而不宜取，则试问不革命果能保守秩序之安宁乎？不革命果能免恐怖现象之发生乎？”在曾先生这一段话中，将“革命”换成“阶级斗争”，将“军阀官僚”换成“资本家”或“压迫者”；用以转询醒狮派，不知醒狮派又将何以下一转语？且醒狮派既言国内尚没有阶级，则又何畏他人之主张阶级斗争？既言尚无资本家，则又何劳醒狮派为资本家阶级着急？

二十四　新儒林外史

《醒狮》说：“本报读者万余人”，《醒狮》以大无畏之精神，宣传和平的自卫的国家主义，举该党（共产党）一切似是而非之邪说，摧陷而廓清之，使之在理论上直无立足之余地。未及一年，而国内信仰国家主义之分子，日益加多，爱国团体之成立，如雨后春笋。又说：“因为《醒狮》受国人欢迎，妒嫉心的无明之火，烧得共产党忍不住了！”又说：“迩来‘吃洋教派’‘拥军阀派’、‘亲俄派’、‘亲美派’、闻《醒狮》之声，而内不自安，时复发为反攻之论。”我们记得江亢虎在《南游回想记》上，也曾说：“此间大资本家，首推闽人黄仲涵君……闻名请见，言资本主义首领愿与社会主义首领接洽也！”肉麻！

二十五　上海的尼姑庵

我们常常看见上海尼姑庵，因为要使那些迷信菩萨的太太们便于来进香，就在庵中装起雪亮的电灯，风凉的电扇，灵便的电话，并且还预备有自备的包车，预备有停汽车的场所。马克思说：“不是人类底意识规定物质生活；乃是物质生活的条件，规定人类意识。”李璜先生不服，却要说：“英人以其机器进据印度已及百年，而机器之力乃不能动印度人改良之念，即名加斯特（宗教）的信仰有以阻碍之。”而归其“机械不改良、工业不进步”之原因于唯心的精神生活。真正善为帝国主义者辩护。印度人若能承英人底恩典，把一切机械应用的机会都肯给与了他们，则大英资本主义还有什么可以剥削回去？

二十六　首阳山上的李璜

李璜夸张东方的精神生活，说他在巴黎时有一位教授，指着中国文化史问他：“我在你们中国古史上常常看见这个‘让’字，并且主张以让为国本，我很不解这个道理。或是让与攘通，不然便是挑手往往错成言字旁了。请你替我查查看，如果古训有让之为言攘也，那末我的疑团便大解释了！”这一段用小说文笔描写出来的“内台喝彩”，自然足以投合素好夸大的中国人性。但我们对于此说，却觉得只有两途可信——不是李先生故意说谎，便是那位教授特作“挖苦”。好一个东方特有的让德！或者醒狮派相信孤竹二子让国是实事吧？然而醒狮派人为什么又不肯将蒙古“让”与蒙人？

二十七　曾愚公先生文集

编《醒狮》周报迄感赋一绝

“浮海归来念愈痴，士夫依旧叹无为，拚将热血临风洒，唤醒人间老睡狮！”（予于民国七年夏，因中日军事协定问题由日本辍学归国，执笔上海“救国日报”……）——《醒狮》第一期。

海寇吟

“……窃我宝藏据我地！贻我毒药腐我神。……”——《醒狮》第六期。

勖“全国学生会联合会总会”

“……当民国七年夏，予因反对‘中日军事协约’，偕‘留日学生 救国团’同志二千余人由日本罢课归国时，即极力主张全国学生应有组织。曾在天津发起“学生爱国会’……”——《醒狮》第二十六期。

扶病编“醒狮”周报讫口占一绝

“书生报国无他道，手把毛锥作宝刀，心未完终欲呕，病中握笔敢辞劳！”——同上。

记船上一英妇

“……有一英妇，貌丑而肥，年五十许，隐椅而卧，跣其两足，臭气逼人，众皆恶之，恬不为耻……会食之时，状尤可怪……则效非洲野人之行，以手拾菜，入于口大嚼焉……予曰：此真英人之代表也！彼英人者，世界自私之民族也……据他人之椅而无所于歉，食他人之食而无所于惭，非英人传统之经济侵略政策耶？……闻者省笑应曰：然！遂书之以为记。”（一九二四年八月十三日作于印度舟次，时方风浪大作，据椅书此，愚公自识。）——《醒狮》第三十五期。

感事书怀偶成数绝

“普恩加赉是吾师，克烈门梭更不疑，他日政权如在手，要当横海制倭夷。”

“六却英夷百战功，髫龄读史慕文忠，当年一炬焚鸦片，民族精神万古雄。”

“华胄千年文化古，楚歌四面国基危，从今教养兼生聚，霸越亡吴事可期。”——同上。

国防与外交序言

“……去秋，归自法京……爰与友人创办《醒狮》周报，揭国家主义之旗帜，日以‘内除国贼、外抗强权’之义，强聒于国人之前，盖犹是八年前参加‘国防会’，组织‘留日学生救国团’，发起‘少年中国学会’，执笔《救国日报》，著《国体与青年》时之素志也……”——《醒狮》第四十三期。

辑者按：愚公之诗，殆可以使“游子乍闻征袖湿；佳人才唱翠眉低”矣！

1925 年 10 月

国家主义的中心思想

当曾琦、李璜由法国回到上海的时候，他们便为他们的“前途”，提出一个口号，说他们要创造一个“中心思想”，做中国的“中心人物”。两年以来，除了读过他们几篇东莱博议式的“呜呼哀哉”之文，乃竟“日月如梭轮流转，一事未成两鬓斑”——所谓中心人物者，亦不过“骑母猪，下校场，手拿锅铲——这样的人，这样的马，这样的兵器”而已，马戏场中的魔术师，吾人久已仰其丰采，更不必多事赘谈！惟其所谓“中心思想”者，则不可不为一部分对于国家主义，徒美虚名而未加细察者，略为分析。

去年冬天，恽代英在复旦大学演讲，说“国家主义徒事空谈，自从曾国藩、李鸿章以来，中国人讲国家主义已经数十年，其实对内对外哪里看见他有一点办法！”一部分信仰国家主义的青年与国民党右派联合战线，否认恽君之言，说醒狮派的国家主义，与曾国藩、李鸿章的国家主义不同。是的！我们就姑且承认是“不同”！但请你们说出你们的所以不同来！

你们说“我们的国家主义是二十世纪的国家主义，与十九世纪的国家主义不同，我们是要求国家独立，并不要求侵略他人；我们的爱国是出于天性，并不是为了什么；我们要外抗强权，内除国贼……”是的！这是何等冠冕而且堂皇的话——尤其是在感情生活时代中的青年，听了你们这些话，非常容易感动！然而一按你们的行为，则阿米巴的原形就不免要在显微镜下显了出来。你们的矛盾，你们的热中，你们的个人主义，我已在《显微镜下之醒狮派》那本小册子中，剖析得很详细。现在只说你们在《醒狮》报上和在演讲中所说的，便足以证明你们的那些冠冕堂皇之言是虚伪，你们的国家主义之性质实与曾国藩、李鸿章并没有什么不同。你们崇拜最新式的帝国主义者克勒蒙梭和普恩开雷；你们钦仰“德国，德国，于兹独绝”的威廉凯撒精神；你们论列各帝国主义国家的军备竞争，诋诽非战论者，暗示国民要求中国也有强大的海陆军；你们歌颂欧美资本主义，竟至造谣说谎，硬说欧美的劳动者，亦为各帝国主义者侵略殖民地的主动者、赞助者；你们的外抗强权并不用分析的识别指出帝国主义者在英国、在日本，究竟是谁。你们故意避去帝国主义和统治压迫阶级诸名词不用，笼统的称为“倭奴”“英夷”，故意 给“帝国主义者”一个躲闪之地，挑拨狭隘的“民族”感情，酷似俾斯麦克、伊藤博文的教育政策；你们反对俄国的革命，你们愤恨第四阶级打倒第三阶级，你们不愿意像俄国那样被压迫阶级起来对内打倒统治压迫者，对外打倒侵略他人的“帝国主义者”的事，得到发展；你们诅咒平民获得政权，詈之曰“暴民专政”；你们和帝国主义的宣传员一样，见了有一点强烈个性不作驯奴之态受人支配的人，便名之曰布尔什维克，你们对于凡是稍能反抗帝国主义与军阀，稍有较刺激革命行为的人和团体，便呼之为共产党，诬之为“被共产党人所操纵”，而继之以曾琦式的“呜呼”长太息；你们不赞成劳动者反抗资本家，取得较好的生活；你们反对打倒一切帝国主义，而主张李鸿章式的“以夷制夷”；你们极力提倡东方文化，说本国历史中有“好东西”，这好东西便是“无人而不自得”的精神，与张之洞的“中学为体，西学为用”先后相映，你们不承认蒙古也是一个民族，你们不许蒙人独立，认为应受中国压迫，做中国的殖民地；你们公然地主张贤人治国，农人工人则当“由之而不知之”的“顺帝之则”……。综计你们这些反动的言行，实合俾斯麦的铁血主义；克勒蒙梭的复仇主义；德国式、日本式的军国主义；摩根式、史汀莱式的资本主义；袁世凯的“开明专制”；梁启超的“贤人政治”；刚毅、载漪之“灭洋”；叶名琛、徐桐之“攘夷”于一炉——你们心目中所要演的戏，是薛仁贵跨海征东、越裳氏九译来朝（所谓外抗强权）；打严嵩、杀董卓（所谓内除国贼）；你们或者仍然期望着设马尾船厂、江南造船厂、在小站练兵。你们的国家主义的内容，便是如此“牛溲马勃，败鼓之皮”，兼收并蓄，可谓丰富异常——诚然是与曾国藩、李鸿章不同——又岂止曾国藩、李鸿章而已哉！

然而无论你们合古今中外，新旧智愚——怎样的丰富，归结起来，总不外单纯的“富国强兵”四字。自从武王发载文王木主伐纣以来，递传至张良、邓禹，以至“汉贼不两立，鞠躬尽瘁，死而后已”之诸葛亮，以至日以变法自强之李鸿章、张之洞——尧舜禹汤文武周公孔子，一脉相传，而至曾琦、李璜，大发呜呼之论，较之贾长沙治安三策，尤为痛切！伟矣哉！曾琦、李璜之爱国也，殆可谓文起八代之衰矣！只可惜八代之衰虽起，而（花样总跳不出左史班范以外），请问富国强兵的国家主义，不是曾国藩、李鸿章的腐败思想是什么，不是曾国藩、李鸿章的鬼为厉藉曾琦、李璜复活是什么（李鸿章比曾国藩通洋务，李璜也比曾琦会做几句“注一”“注二”的西式文章）！“以复仇主义、军国主义、隶属蒙古的殖民主义，而‘强’兵，不是帝国主义是什么！”不以平民取得政权为应当，不赞成劳动者获得较好生活，而“主张贤人政治的‘富’国，不是资本主义，又是什么？”好一个二十世纪的国家主义，与十九世纪的国家主义不同——请问“不同”究在哪里？惟其如此，惟其醒狮派的国家主义，就是现代横行世界的国际资本帝国主义，所以曾琦、李璜，才恨死了社会主义的俄国；才拚命地与那专以打倒资本主义、打倒帝国主义为职责的共产党作对头；才主张贤人（在欧美的德谟克拉西政治中，便是资产阶级；日本现在的贤人便是三井、三菱、大仓喜八郎等；美国现在的贤人便是摩根、洛克匪勒；中国的贤人大概就是张謇、虞和德，及其赞助者梁启超、曾琦、李璜、熊希龄等）政治而骂苏维埃制度是暴民专制；才崇拜普恩开雷；才希望扩张军备……。"呜呼"、"咄咄"、（这是小子学步曾琦先生的）！所谓中心人物之中心思想其根荄便是如此！老实些说，藉"国家主义"为阶梯，替资产阶级（国际资本帝国主义）作走狗，作喝道者，作卫兵，作轿夫，以谋其自己一身之"贤人"生活——小资产阶级性的寄生生活——以求其个人生活上之安富尊荣而已！意国的墨索里尼，现在总算达到了这个目的。自然，我这种唯物史观的评断句子，是足以使曾公、李公怒目切齿愤恨我把他们两个"人"当了"物"的，然而且请稍安勿躁，待以时间（时间是人间最厉害最精致的显微镜），小子今日诛心之言，他日将于提倡"贤人政治"之结果验之！章士钊、梁启超等俱曾名闻一世，使青年崇拜之者，挟《新民丛报》,《甲寅》杂志以寝食，至于今日，章梁之生活，固已成为正规之"贤人生活"矣！唉！外抗强权，内除国贼！

最后，我们谈到爱国出于天性的问题？

"爱国"！"爱国"！在现在这个时代，自然是谁也不敢反对，谁也不能不赞成的一种高尚的伦理了！南洋兄弟烟草公司每种香烟的广告上，都标着这个伦理的语句——"请你爱国，请你吃这爱国的香烟"！其余如泰丰之罐头，天我生之牙粉，广生行之花露水，马玉山之饼干，三友实业社之毛巾，某某公司之火柴，商务印书馆新书之影片……亦莫不标明白："此唯一国货（或作国产）也，希望同胞注意焉"！张作霖通电入关，是以国家为重，是爱国；吴佩孚弃讨贼之大业而忽然讨赤，赤是以国家为重，亦是爱国；章炳麟，白昼见鬼呓语连篇，吁请吴玉帅、张雨帅、孙馨帅合力讨赤，亦是爱国；猪仔议员，时京时津，南北奔走，今日商议贿选，明日联名通电集会，亦是爱国；在什么地方我似乎还看见过爱国理发，爱国盆汤的招牌；至于中华书局总经理先生在编辑部中向各位博硕编辑先生说："现在国家主义已经兴起来了，请你们编书时，酌量放一点进去"；那更是窥透一般人心理，努力于这个高尚的伦理责任之履行的"贤者"了！爱国，爱国，在表面看得去，竟是这样的普遍；谁能说曾琦、李璜说的"爱国出于天性"，不是哲学上的"真实"呢？

但我要问爱国出于天性的国家主义者一句话，你们爱国究竟是为了什么？"国"是一个抽象的名词，表现他的，是因为有一群人，结合在一起而经营生活的缘故（但此结合并不是一个阶级的结合，乃是数个经济生活不同的阶级因为传袭的习惯及自然环境关系同居在一个区域内的意思）。我们为什么要爱国呢？是不是因为这"国"内的人，受了别国的压迫，而生活痛苦的缘故？所谓爱国、自强、独立、御外，是不是要使这些生活上受压迫而感觉痛苦的人，得到解放——得到好的生活？这些人——即这些国民——是些什么人呢？曾琦、李璜等贤人便能代表了他们么？四万万人中除了贤人之外，百分之八十以上，尽是农人工人——即醒狮派名之曰"暴民"者——我们爱国，其主要动机，唯一目的乃是在爱他们，使他们获得好的生活，脱离帝国主义经济侵略之痛苦（如手工业之因洋货畅行而失业者，农村之因工业侵略而破产者），与军阀武人之压迫。必如此，然后我们所爱的国，才有内容。醒狮派主张贤人政治，反对农工生活向上，反对平民获得政权，故其爱国主义，实际上只是一个仅爱抽象之国而不爱其国中之民之爱"空国"主义。可怜中国大多数人民今日所过的生活，还不值唤起我的"天性"么？为什么国家主义的天性只发之于"国"而不发之于国中之"人"呢？唉天性——天性！买椟还珠，画饼赠人！

醒狮派所爱之国，只是几何学上的平面，几何学上的平面，自然是一个真实的理论；只可惜不是人世间实有的事实！故最后“结穴”论断，醒狮派的国家主义也并不见什么如上所说之丰富——肥皂液吹成一个大气泡“空空如也”！惟其是空的，所以他们的“抗”与“除”也就没有切实的“行动”；惟其他们不要大多数下层群众，而只作他们少数贤人的领袖运动，所以也不能有切实的行动；所以他们更反对他人之切实行动！一个挂革命招牌的党派，在实际上都无切实的革命行动，而且反对他人之切实行动，甚至有时反而帮助反动势力压迫他人之行动（如诬学生会为共产党机关，公开的向军阀挑拨，叫军阀来摧残），则非反革命而何！故醒狮派者，现今中国之一反革命的法西士蒂之集团也！呜呼！中心人物们的中心思想！

原载《对国家主义派的反攻》，1926 年 10 月

做黄埔学生所要的根本质素

敌人——帝国主义——底根本所在，是克虏伯那样的大制砲厂。我们底根本所在，是黄埔中央军事政治学校这一座制造“造反叛徒”赤化青年的钧冶烘炉。合全中国各阶级不安分的青年——破铜烂铁——投之于此熊熊之中；除了变成“合金”的妥协右倾分子和比烂铁还不如的炉底残滓之外，其所炼出来的“钢”，这两年来，不但久已抵得住克虏伯大炮之飞弹；而且业已剸其刃于帝国主义之硕腹——叫他在展转呻吟中，切实尝着一点似甜又酸，既苦且辣，半痛半痒的“中国味”！这是黄埔的成绩，差不多已经为世界所公认的。

今天是第五批破铜烂铁，由入伍生部转入熊熊高炉之日。我自己是一块比铁还不如的残滓，但从青年时代一直到现在，却始终还是个极不安分的东西。对于这些新投入的破铜烂铁——不安分的青年朋友，自然应该说几句话，且也忍不住不说几句话。

第一，便是要认定我们自己是来受炼的破铜烂铁——要认定“我”是自愿来在六千度高热中，变更我自体内部的分子结构，使之另成为一种不同性质的金属原素的。这样才能受纪律之制裁，吃风雨星霜寒热冻饿乃至病疫困顿之辛苦。但——

第二，我们却又要不把自己成为机械的服从者，成为不抵抗环境的驯伏者——我们须于“秩序”之中，时时保有我们底改造秩序的精神。这样，才会不致与那普通的所谓“兵”，一样——成为物理的化学的死分子——而确是一个新鲜活泼，有意识而又守纪律，能征惯战的“革命党”人，一个真正的帝国主义的“叛徒”，一个好的“赤化青年”。

然而这两层功夫，要怎么样才能切实作得到呢？大家不要以为这是很容易的事，实际是很难的——许多大人物有时还作不到哩！这要在根本上拔尽我们从来的小资产阶级的根性。**所谓“小资产阶级的”，这个形容词，乃是一种化学性质的形容意味，并非指财产所有额的多寡而言**。尽管你是乏衣少食的无产者，但你那“学生生活习惯”的气派，却是一种既不像有产者豪荡侈靡；又不像真正无产者朴质真诚——你是有些：虚荣心，冒险性，伪饰的习惯，冲动的感情，好面子，喜风头，有时勇敢，有时怯懦，有时急公好义，为国忘身；有时顾念生活，惟利是求；不免患得患失，自然有些投机；难得剑及履及，因而常怀踌躇！许多假革命，反革命，不革命的朋友，**并非天生派定那样命运；多半是为这一点小资产阶级性的“客气”所乘！**

在定性分析的革命化学中，已经有了一定的公式—— **一个人如果不能完全脱却，或习惯制裁他底小资产阶级的根性——才能把自己时时放在一个“被压迫者”**（即令自己一点也不曾受压迫，到作革命党人时，便应先承认自己是“被压迫者”）**的地位上去“意识”自己，则这个人便一定不是一个到底靠得住的忠实革命党**。尽管他作了许多勇敢的事，尽管他主义和理论能够倒着背诵——他终局是要变的，是要成为反革命者，或不革命，或假革命的。

反之，一个人如能超脱那小资产阶级的根性，他便自然能够：不忮不求，不骄不谩；便自然能够少为自己打算；便自然能够认识公共事业和自己的责任之所在；便自然从抛弃了虚荣、面子、风头、投机之中而甘于受公共的制裁，受团体的纪律，受公共约束的行动规范；便自然会以革命为终身之事业，以主义为终身之信仰——而不视为筌蹄——因为他自己已无私人利禄之心（一个人若断绝了升官发财之心，则这个人就决不会弃革命而反动）！

问题结穴了！如何方能拔尽此小资产阶级性的根性呢？这便在养成我们自己对于宇宙——社会——人生的认识。我们如果相信唯心论者的说法，相信历史为“人力”所造，社会文明为英雄圣贤之著作，宇宙之演变为人心发展之过程——则我们满头脑中，一定会充满了英雄思想，一定会时时想着如何才能叫自己作一个创造时局，以功业傲睨当世，使庸众拜倒我于千百年之下的特别人。于是客气乘之，一切虚荣、伪饰、投机、风头、利禄、得失之念乃至欺诈诡谲之手段，必如新雨后之怒草，很快的植其深根固蒂，蔓延于你心中。你便成了张作霖、吴佩孚、陈炯明、虞和德、摩根、大仓喜八郎。自然你能不能成功他们那样，还是问题；但你的宇宙观、社会观、人生观却已规定了你的终身地位。你将自然地会承认私有财产为正当制度，承认社会上应当有阶级，承认一切别人应受你的统治、压制、教训乃至剥削。如果你以这样的“意识”——意志——在黄埔，那么，你底最后目的，便一定是在借此阶梯以作“官”，你不是在做革命党；你是在“住”“军官”学校，你是预备将来当总司令，为军阀，富有地盘，贵为渠魁，粉白黛绿者，盈于后宫，嘉肴鼎鼎，列于前案——你是要享福的。你最后，将不反革命，假革命，不革命而何遁？！

许多人用了**种种狡猾**，在**革命事业中**，找他**底终南捷径**，以为旁**人不会看破他**。**其实**，**有心人一与接谈**，只要**在他底一言半语**，或**无意流露的言行中加一留意**，——测其**有无小资产阶级的唯心根性**，便早已**慧眼明察**，**从X光下看透了他的二十四根肋骨了！**

中山先生所以能够四十年革命如一日，他所以能够超过与他同时的康有为、梁启超，乃至吴稚晖（吴先生最初也是个立宪党），而确切认定中国之非革命不可，及最近又能认定中国革命非置于世界革命之中，联俄联共而为之不可，国民党非改组不可——都**只因为他们自幼就没有相信唯心论**，而从**来就站在**“唯物的**历史观**”上。从唯物的历史观点上，我们将发现下列的问题：

一、这个社会自来就是今天这样么？——当然不是的——

二、那么，它是如何变至今天这样的呢？

三、什么原动力叫它变的呢？

四、它的变化有没有一定的科学的（和物理的化学的那样的）规律呢？

溯金沙江、怒江而上，循哈喇昆仑而发见江河南北分流之源，则人类社会所以演成今日之一幕者，一生活上所用的工具之变化为其关键而已！因工具变而生产出来的物品生产量亦变。因工具之性质变，而技术之程度亦变；技术之程度变，而生产之性质亦变。生产量之多寡变，而分配生产品之方法——即社会上一切人与人之间的经济关系亦变；人类共同生活的范围亦变。这就是“社会”的定性分析。社会关系既明，则一已对于这个如此社会，这套如此历史中的地位亦随之而明。今日之制度不过是工具进化过程中偶然变化的表现之一暂时段落；人类之正当生活方式，尚在将来；一切富贵享乐，原非人生正体，且属违反自然道德之罪恶。人在自然界中之地位及其应当如何生活，如何共同生活之方式既明，则其人之宇宙观、社会观、人生观必得一逻辑的科学的一贯的心安理得之系统。他知道他只是大千世界之一分子，他是不应该较别个分子享受 特别生活的；他知道世界乃至宇宙中，一切是应该平等的，侵犯他人（别个分子）之生活范围，是违反自然之本来意志的，于是他乃博爱。他又感受着他现在是在他受他人（别个分子）之侵犯，或见着他人（别个分子）之受另一他人（别个分子）之侵犯；于是他要求自由。**他从平等、博爱、自由三大要求之意识中产出他底人格，他乃自然“革**

命”，自然要打破此不平等不自由之世界而归于平等、自由，他自然会以博爱而不顾自身，而以此身之牺牲以利他人。如此，则其人便自然在一切言行上会表现他底不忮不求，不骄不谩，没有小资产阶级性的习气来，他便自然会始于革命，终于革命，以革命为终身之事业，以主义为终身之信仰，——四十年如一日，成功一个世界革命领袖，百世瞻仰之伟人的孙中山了！

黄埔高炉，以炼成此等未来的孙中山为目的，破铜烂铁的朋友们，投身到六千度高热中去做孙中山罢！

原载《黄埔日刊》第190号，1926年11月15日

在黄埔军校纪念“三八”节大会上的演说词

我以前看见《黄埔日刊》校闻中刊载一段：繁竹女士（日本新闻记者）问：“闻贵校有女学生，是否真有其事？”熊主任答：“……但现在武汉分校已收到女生百余人，与男生同受军事训练，如果将来日本等国想要革命的女子，来投考敝校，学习革命的军事和政治，敝校当甚为欢迎！”男女同受军事教育，是中国五千年历史中所没有的，这是本党底光荣，现在除去苏俄和中央军事政治学校，那里能谈到这事呢？今天本校举行国际妇女纪念，也惟有本校才有资格配得上纪念它！

有些女子的确是奇怪东西，什么人受了压迫，都晓得革命，她们比任何人受的压迫总要重些——不是生活压迫，而是人格侮辱，但是她们不晓得革命！工人农民生活上受压迫，明白自己所受的痛苦，团结成很大的革命力量而革命，这些女子生活上没有压迫，穿的是狐皮袄，吃的是海参、鱼翅，戴的是金钢钻，不特不知道男子侮辱她，拿她作玩具消遣，并且她走出门来，还要说：“哼！我是太太呢！”工人农民很晓得他所受的压迫。然而这些女子死了变成鬼，也不晓得她所受的压迫！从前男子喜欢女子缠小脚、梳油头，现男子喜欢女子天足、剪发；现在是密斯特某某底“wife”；并且要有时髦的习气，女子还须会踏琴、能唱歌、善跳舞，以取悦于其夫；如果我在社会上有一点地位，假若我底夫人不会说几句漂亮话；我的面子就会没有了，所以她们也必得要学几句漂亮话；自始至终，女子永成为男子底装饰品。女子在生理上成为女子，但究竟她也是人，我们男子应该领导女子去做恢复“人”的运动，把女子当为玩物的符号打消，不特物质上的享受要平等，并且精神上的快乐也要平等。

中国向来没有什么妇女运动，什么妇女参政、女子职业教育、恋爱自由种种，都不是急需的正确的运动，不过对于妇女，更加上一层压迫罢了！可以说中国的妇女运动，是“棉花运动”！从前棉花放在脚底后面，现在放在前面罢了！以后我们要引导女子到革命战线上去，做散兵线上的战斗员。不要向小姐和太太宣传，要到贫苦无告的女工、农妇中去宣传组织训练，使她们参加革命；表面上的什么运动都不必做，要做切实的工作，把占人类半数的妇女从黑暗世界中救出来，这样才不辜负今天开这个会的意义。并且诸位紧记：我们做妇女运动，并不是互相实行欺伪的恋爱的呀！

各位学员！在你们没有到广东之前，以为广东是夜叉国，罗刹海市，由于帝国主义、军阀宣传蒋介石是个过激党人，广东共产公妻的原故。各位在北方所听闻是很多的，现在你们来到广东，马路旁边小摊子上底萝卜，不能随便拿了吃，还是要拿钱买，可见广东并没有实行如帝国主义和军阀所说的共产。诸位有一千多人，也找不到一个老婆，可见得广东并没有公妻。为什么他们这样地反宣传呢？就是蒙蔽你们，叫你们痛恨广东，仇视国民党，好替他们打革命军，好做他们忠实走狗底走狗！咱们七尺之躯，是顶天立地的男儿，再不要为自己打自己底耳刮子吧！

现在你们来到此地，广东的情形，你们已经明了，更认清了谁是我底朋友，谁是我底仇敌？从前你们杀死了许多同胞，更断送了兄弟们许多条生命；现在应该杀出一条血路，去打倒帝国主义和军阀！孙传芳、吴佩孚总被打倒了，现在帝国主义都躲在张胡子底胡子尖上，咱们要准备力量，去剃张霸子底胡子；大好的中华，本来是何等的漂亮，因为长了些胡子，就弄得糟糕，我们应该赶紧地把胡子剃去，而中国自然会漂亮起来。诸位来到广东，第一共产公妻的希望是没有的，诸位不要妄想；第二升官发财的希望也是没有的，诸位也不要妄想！只有诸位从前没有听见看见的事情，是诸位的新希望。譬如今天的集会，官长、学生、兵伕、工人欢聚一堂，在咱们北方，“自古以来，未之有也。”这就是表示大家已得到自由平等。诸位从前的生活，是阶级生活，被军阀弄到不生不死，好做它的走狗，打到了的江山他们得，打败了他们到外国去，与他们不相干。

在北方许多同胞惨被杀死了——这不是你们杀的，是洋大人底洋货杀的；因为洋货装到中国来，中国货销路断绝，以致许多人没有事干，安分的当兵吃粮，不安分的做匪抢掠，因此军阀就得到惨杀同胞的工具了；他们对没有事干没有饭吃的同胞说：你们到我老子身边来，老子给差事你干，给饭你吃；于是来做屠杀抢劫奸淫同胞的勾当了；推本追源，是洋货作怪，是帝国主义经济侵略的结果，所以说洋货杀人。各位同志现在知道要革命了，我们新旧同学要作一个南北大联合，共同杀贼——军阀和帝国主义，才不失今天我们欢迎你们的本意！

原载《黄埔日刊》第275号，1927年3月8日

民主集权制的说明

最近，有好几位同学，不明白民主集权制的意义，来信问我，现在说明于此。

所谓“民主集权”这四个字，是一个整的名词——千万不要把它认为是“民主”与“集权”两件东西同时存在一起而成功的一个制度。我们中国人，自己过惯了姓“张”，台甫“翰臣”，外号“春山”的生活；所以总喜欢用自己主观中的方程式，去解释一切事物——有时不免闹出姓“克”，名“鲁泡”，号“特金”的笑话。现在也有一部分人，不知是真的不了解民主集权制的意义，还是故意地不愿去了解它——也正用着这种方式，把“民主集权”宣告腰斩之刑，分成两段，一方面是“民主”，一方面是“集权”可以不相联属。他们在论到X与Y两团体合作问题的时候，则应用一种“形式逻辑”，援物理学上的“占空间性”，证明两物不能同时存在于一空间。但当他们论到民主集权制时，却忘记了所谓“排他性”，而主张：一方面可以有民主，一方面又可以有超乎民主之外的集权。其实X与Y两种思想之不同，不过是牛乳与水两种液体的化学构造形式不同——若把它们搀和在一起，则它们之间的所有分子，是可以在一个有一定界域的体积之内，同时存在——并且还能成为一种很有秩序与规律的分子间的排列与组合的；不过两者混合后，体积放大了，成为A和B的总和而已！民主与集权，则是两个实在的具体的制度，它们的不同，却是和两个固体的立方木块一样的——彼此都有不可入性。所以世间上也就决不能有“专制的共和国”或“有皇帝的民主政治”。有之，则为现在之资产阶级当政的德谟克拉西；它们是以民主与专制相对立的，所以结果，专制的立方排除了民主的立方，只有专制，哪有民主？所谓民主，饰词而已！

那么，“民主集权”，究竟应该是个什么样的东西呢？第一，我们应该知道，所谓集权之“权”，并非立在民主对面的另一种超乎民主势力之支配以外的“权”；乃是“民主”本身所有的“权”。而其成为“集”也，则由于许多之“民”，发表了各自所“主”的意见与要求之后，归纳综合而成的。换句话说，所谓“集权”便是一切之“民”的一切主张的总和之表现体。因此，我们也可以不叫它做集权，而叫它为“统一的意志之结晶”或“一致的决定之体现”。故“集权”者，集一切人民各自所有的本身生活之“处理权”于一具体的总合机关，而成一抽象的，理论与实际一致的权力概念之谓也！至其所以必须如此总合集中者，则以其适应团结生活之必要也，不如此则不便于处理多数人民所一致决定之要求，不能使公共事务进行敏捷，而获完满之结果也。然则民主集权者，公共意见经过彻底讨论之后而产生者也——民主化之权力也。所以像现在日本式、英国式的什么立宪政体，下议院议决了的案子，却可以被那代表特殊阶级的特殊权力之上议院，或被皇帝所否决；便只能算是“集权”，而不是“民主的集权”——而且只能算是以集权取消“民意”的“专制”。因为它表面上虽然以民主为装饰；而实际则以一种不根据于民意，超乎人民支配之外的特殊权力，将民主权实质排除无余也！现在一般之所谓“德谟克拉西”，莫不如此；它们一方面因为要掩饰它们的资产阶级专政之恶迹，容纳一个似是而非的所谓民意机关（众议院）存在；而另设一代表资产阶级特殊利益的机关（贵族院或众议院），君主或总统（如美国）与之对立——事实上，此对立之机关，却操一切事务的最后决定之权。在这种组织之下，哪里能有一点“民主”的影子存在！？狙公之术，暮四朝三而已！故意曲解，将民主集权分成两截的人，便是要以这种资产阶级的德谟克拉西来扰乱我们的视听。他们不以集权为民主化（由公共意见经过彻底讨论而产生的）权力；他们以权力与民主相对立——变更化学的化合物性质，为物理的混合物状态。这样，他们便可以上下其手，应用自如，你的民主尽管民主，到了最后，我却可以集权取消你的民主。

本党的组织，以民主集权制为原则，便是要使党的组织成为真正能够代表各阶级民众的意见与要求的体现物。这个原则的意义，第一，是在组织上由下而上，各级党部以选举的形式组成，是民主的；但同时每一下级党部隶属于上级党部，是集权的。第二，每一下级党部，均须服从上级党部的命令，是集权的；但在其命令的范围内，有完全处决该部所属一切事务之权，是民主的。第三，对于上级机关命令，认为不对时，得依法提出抗议，是民主的；但在未判决前，仍须执行其命令，是集权的。第四，在开会时，每个党员，对于党的一切问题，均有充分自由发表意见之权，是民主的；但一经多数表决通过，无论自己赞成与否，必须绝对服从，是集权的。第五，党员必须严守纪律，一切言行，均须以党的主义、政策、宣言、议案、章程为准则，是集权的；但此等党的文件均为每个党员在大会时所议决，是民主的。第六，上级机关有指挥命令下级机关为某事或不为某事之权，有要求奉行命令之权，有否决或变更下级决议之权，是集权的；但此等上级之权，也必须一点不违背党的主义、政策、宣言、议案、章程，是民主的。据此，则下级所服从者，乃服从其曾经自己承认的自己意志之集合权力——质言之，即是自己服从自己。而上级之权力，乃由下级每个党员共同决议所赋予，其职位为“公仆”，代大众而为公共议案之执行人。所以上级机关之权力，上级人员之地位，并非是由下级党员（民们）之外而来的；是不能与民主之意志相对立的。倘若上级人员利用其地位与权力，要求下级执行或不执行一种不根据于党的主义、政策、宣言、议案、章程的某项事务时，这种集权，便是“专制”，便是“君主政治”，而不是民主的集权制了！这是和黑与白相对待时，一样显明的事。

故民主集权制的效用，在给与党员及下级党部，以最大限度之自由，使之能够监督党，监督上级党部。而其反面则要求党员及下级党部绝对服从，使党员都服从党，下级都服从上级——而统一于中央。这是要一方面防止党的官僚化；防止首领化和迪克推多化；他方面要使党的力量集中，以便在行动上灵敏而有力。中国国民党，是一个群众的革命党，党的主张与政策及一切斗争策略，均须根据全党——各阶级民众——的要求与经验。所以在党中应该允许一切党员，一切下级机关有贡献意见与经验于党之机会；这便是应该民主的道理，不民主，则必易流于少数人所包办，而有以少数人之利害喜怒代替党的意志之危险——这便是容易官僚化。党一官僚化，便得不到群众，不能使群众了解它、拥护它，党便成了孤立的东西。同时因为没有群众的监督，首领也就可以高下随心，视党为其私用工具之一，变为以党治国，而为以政治党，为墨索里尼，为拿破仑，为袁世凯，都可以由他咄嗟立办了！这样，党便不是代表人民去“革”命的党，而是代表压迫统治的势力来“送”人民之命的党了！

所以民主集权制之在本党，实和三大政策一样重要。要不要三大政策，是革命与反革命的差别处；有没有民主集权制，也是革命与送命的区别点。反对三大政策的人，必定也反对民主集权制；而拥护三大政策的人，自然也就应该了解并厉行民主集权制。

原载《黄埔日刊》，1927 年 3 月 17 日

在联合战线上纪念“血腥之日”

今天是三月十八日——是一个白色恐怖的“血腥之日”。它底悲惨而壮烈的历史意义，可以给我们许多正确的革命理论。此所谓革命理论，便是“‘阶级’在革命过程中底具体的系统的经验”。

挟着“偏心”和“成见”，反对总理农工政策的人，故意聚讼于“阶级斗争”这一焦点；用了曲解和挑拨，摇惑于国民党与共产党之合作，拆散农工无产阶级与小资产阶级及民族的资产阶级之联合力量。他们这种运动的目的，是要从根本上取得中国革命之领导指挥权，以便实行建立他们自己少数人所需要的法国式或美国式的十八九世纪的革命政权，使有世界性的打倒帝国主义的孙文主义革命，成为国家主义的富国强兵的“戊戌维新”运动（即是使中国预备做后起之秀而与日本媲美的帝国主义者）。他们这种运动，在客观上，正在努力帮助着帝国主义和安国军进行“讨赤”大功。居然弄得张作霖也愿引南方的爱国分子为同志；蓝浦生也说：“南方有左右派之分，不可一概抹煞；南方亦有爱国分子，非尽赤化”；帝国主义且屡次宣言，愿与所谓南方稳健派携手。

我想只要稍有“革命对象”之认识的人，便一定会知道这些反对农工政策的人，自身就是一个被“革”者。他们的褊心和成见，无非都是由于他们自己底生活利害关系而生。买办阶级如不反对省港罢工；则买办们必定都是呆子了！无论大小地主，谁愿平均地权，谁愿佃户减租，谁愿农民协会发达？！无论大小资本家，谁愿节制资本，谁愿工人加薪减时，谁愿店员与他们分庭抗礼，谁愿工会日臻兴盛？！在今日中国，百分之九十的学者、名流、自由职业者，乃至一部分学生，不是大小地主、大小商人家中的子弟（能在中学大学读书毕业的人，一定起码也是个小资产阶级），就是与资产阶级有关系的人，或者竟如张謇等，以一身而兼：地主、资本家、名流、学者、土豪、劣绅、政客、官僚。这些人，又有谁愿见其家庭或亲戚之受损失于农工，谁愿自己穿了西装而与工农代表同坐一堂，谁愿以“先生”之资格而与污秽粗野的农工平等说话！？所以他们当然要起来阻止革命，以免民生主义之实现；当然不能不做分裂革命势力的运动；不能不愤恨国民党因为获得占国民百分之九十的农工群众而有了巩固不拔的基础——不能不分裂整个的农工学生运动；天天在挑拨左派及一般中立分子排共感情；引起一般社会嫌恶农工阶级，怀疑农工运动；而且更不能不帮助帝国主义走入明显的反动方面。

他们说：“中国还没有资产阶级，何有阶级斗争？”这是王瞎子底宇宙论，自己在主观上不愿看见什么，遂以为宇宙间没有什么！不知虞和德、张謇、穆藕初等是些什么人？他们说：“中国现在是普遍的贫乏，所以工人不应向资本家进攻”；不知何以竟会有了三北公司、大生纱厂？更不知他们何以不说：“中国现在一般工人可怜，所以资本家应该格外优待工人？”他们说：“工人罢工并非由于资本家之压迫，乃因工作不敷分配”；这是一个新起的马尔沙士人口论，“人口增加比食物多，所以贫穷乃是一件不可以人力抗的天然命运”，这样一来，自然资本家对于平民生活的痛苦不应负责，所以社会上也自然不应革命（不应打倒资本家），而应去祈祷上帝，以修来生了——依此妙理，岂但工人不应罢工，简直连帝国主义也不应打倒，并且还应该去敬谨承认它是“圣明在位”哩！但不知罢工的工人，究系“现在做工”之人，还是没有得到工作分配的街中乞丐！？他们说：“工人不应该只顾自己利益，应该顾全大义——阶级斗争即分散革命势力。”但不知他们何以不以此等“仁爱主义”，规劝资本家，叫他们也顾全一顾大义，而将工人待好一点！？基督教牧师向贫人说：“有人打你右耳刮子，你再将左边送给他打”；但他老先生却绝不向富人说：“有人抢了你底钱包，你再将老婆送给他”！他们说“阶级斗争是某派人教唆挑拨的”。但不知大学教授们为了薪水打折扣，为了索欠薪而组织联合会时，也是不是受了某派的教唆与挑拨！？

归结起来，他们这些言行，无非只是藉“阶级斗争”而反对农工政策。因为阶级斗争就是农工阶级的解放，也就是农工阶级的革命；没有农工解放，不让农工得到生活的利益，农工便自然不会来热心参加革命了！他们说工人增加工资，使资本家得不到利益，结果资本家便会离开革命战线！但他们却要责备农人阶级不应该在革命中要求利益，却要农工饿着肚子来革命！他们说承认阶级斗争者是分散联合战线；其实，他们都正在那里用着这种手段，使农工离开革命。请问到底是谁分散革命力量；而且到底是放走了百分之九十的农工力量大些呢？！还是一部分资产阶级的力量大些？！他们又知道，阶级斗争是训练农工无产阶级革命战术和扩大力量，加紧团结的主要方法——没有京汉路“二七”大罢工和一九二二年的香港海员大罢工，便不能有“五卅”和省港罢工；没有“五卅”时上海的大罢工和省港罢工以及去年一年间上海七百余次的小罢工，便决不能有今年二月十九日欢迎入浙革命军，反抗英国舰队来华，驱逐孙传芳的有秩序、有组织、步伐整齐、指挥统一的上海全市总罢工。他们更从这两年的事实上，知道农人是东征、南讨、北伐诸役革命中的主力军，工人是津、沪、汉、粤各大城市、各铁路、各外国工厂中革命的急先锋——只有农工阶级才是真正革命，真正勇敢，至死不稍退让，不肯妥协的；才是真正能够切实领导各阶级去革命的。他们反对阶级斗争，便是不许农工得到革命的训练教育，养成革命的战斗力量。农工阶级如果不能得到教育，不能养成力量，而且因为没有本身利益而对于革命减去兴味之时，则他们包办革命——即建立他们少数人所需要的十八九世纪的法国式或美国式的革命政权之目的，便达到了。只可惜今日这个时代和这个中国，已不是资本主义初期萌芽时代，而远东半壁更不是拿破仑时代的法兰西王国和华盛顿时代的十三州了！帝国主义统治全世界的“现代”，如果能够允许他们这些清一色的长衫队（贤人君子、士大夫）包办革命，则辛亥革命以后，也不至于再有今日了，也不至于更劳总理心力交瘁，改组我们的中国国民党了！这道理还待多说吗？只看帝国主义如何努力的反对三大政策，如何希望与南方所谓稳健派携手，也就可以知道帝国主义所怕是什么——而测定他们底长衫革命能不能实现了！丢开农工之日，便是帝国主义者攫中国人其囊橐之日，便是中国革命完全消灭之时——狡兔已死走狗烹；飞鸟既尽良弓藏！反对农工政策者，不走到“火延崑冈，玉石俱焚”之末路是不会觉悟的！

今天是三月十八日，今天的历史，正证明着上述的事实：

一八七〇年普法战争，法国大败，拿破仑第三被俘，普军进逼法京巴黎。法国资产阶级无力抵抗，眼见法国将要沦亡于普鲁士帝国主义之手。巴黎工人乃领导平民，组织六十万人之国防军，抵御普军，始得保全保黎于一时。但法国资产阶级见工人组织奋起，工人势力发展，心怀畏忌，遂背叛“民族主义”，而与普军妥协。一八七一年一月二十七日，不顾无产阶级之抗议而与普军议和。无产阶级为了不愿法国对普国帝国主义征服，不得已而于三月十八日宣布巴黎为自治市政府，成立巴黎公社（The Commune of Paris）五月二十日法国资产阶级反革命军勾引普军，攻击巴黎，自二十一日至二十八日，巴黎白色恐怖延长至一星期之久，拥护巴黎公社战斗而死者七万余人。资产阶级事后株求，复有充军者七千五百人，监禁者五千人。法国从此遂为“长衫队”所把持——而成为一九一四年牺牲无数农工性命以与德国争霸之国家，而成为今日这样的一个大法兰西帝国主义。这历史告诉我们，谁是革命的，谁是反革命的。谁是只顾自己利益放弃民族主义的，谁是因为阶级斗争而破坏联合战线的，谁是有意识的分散革命力量的！然而法国资产阶级为什么要这样做呢？还不是因为巴黎公社，实行了一些类于“民生主义”的政治改革的缘故。巴黎公社所做的：（一）武装民众，废止常备军；（二）凡纳税者不分军人或市民皆有选举权；（三）政教分离，教会财产收归国有；（四）禁止夜工；（五）规定最高官俸每月不得超过五百佛郎（中币二百元内外）。这和我们现在的党与国民政府提倡农民自卫军，没收张天师财产，主张国民会议，建立廉洁政府，有何分别？实在连民生主义还没有一点影响（在事实上，巴黎公社不过是无产阶级暂握政权，并非共产主义）。但这已经使资本家、牧师、官僚——总之资产阶级和一部分小资产阶级受了损失，所以他们非要联合外国帝国主义扑灭它不可。因为“国家”“民族”都不足顾，只有资产阶级和小资产阶级的地位是要死力保全的。

一九二六年三月十二日，日本帝国主义，用了兵舰，掩护奉天军舰，协攻国民军第一军设有水雷防御工事的大沽口。北京市民，以学生、工人为领导，反对帝国主义此种压迫，拥护国民军在军事上的优胜地位。帝国主义乃一致咬定“国民军赤化”；指北京市民反帝运动，为加拉罕金钱所致。国民军中右派分子（张之江等），顾念将来做官地位，生怕此“赤化”成为不涤之污，乃电嘱日本帝国主义走狗段祺瑞“整顿学风”。三月十八日，数千学生、工人请愿反抗日本压迫时，段祺瑞乃根据国民军右派之请求，命令卫队开枪轰射，死五十二人，伤一百余人。民众革命势力，既经压下，随着国民军也就因为失了拥护和民众的力量而不得不由天津败退于北京；由北京败退于南口；由南口败退于甘肃了！这正证明着狡兔既死之后，走狗就一定要被烹——证明着在“今日中国”，决不能让“长衫队”单独包办成功十八九世纪的法国式或美国式的革命；证明着帝国主义所怕的只有农工下层群众；证明着没有下层群众便没有革命！

而且不但如此，即是十九世纪的法国式革命，又何尝能离开下层群众。法国一八四八年二月二十三日的革命，如果没有路易布朗（Louis Blne）一派，领导法国无产阶级参加，能够成功么？然而二月革命成功后，法国无产阶级也是被资产阶级排除了的（同年六月二十四日）——和巴黎公社之役一样惨酷，死者一万人，被捕者三万人！惟其排去无产阶级，所以才又弄出路易拿破仑的把戏。又试看一九一八年的德国革命和一九一七年的俄国革命，德国革命因为排斥了无产阶级，政权落于纯右派社会民主党之手，所以现在的德国是呻吟于凡尔塞条约和道威斯计划之下，负担那一千三百二十万万（三百二十倍于中国之全人口）金马克的帝国主义的巨额赔款。俄国因为有无产阶级保障革命，所以现在不但能够战胜一切帝国主义的猛攻与封锁，而且举一切国债完全否认之，成为反帝国主义解放人类的大本营（自然我不是说我们中国现在，也要马上如俄国一样成立无产阶级独裁制。我是说我们应该成立工人、农民、商人、自由职业者共同联合的反帝国主义政府；万不能如德国，使革命离开工农群众，以致革命消灭，仍为帝国主义之征服者。现在有人假作文字，故意表示一种左派或共产派的口气，说“我们固反对中国现在实行共产，但只希望成立一个苏维埃政府”；使别人看了疑心左派或共产派要即刻仿效俄国之无产阶级独裁，挑拨一般人排共感情——读者幸勿误会）。

今天我们纪念三月十八日，纪念什么呢？当然不是纪念段祺瑞杀人杀得好，不是纪念法国资产阶级得到胜利。当然不是纪念反革命，而是纪念革命。但我们要求一般反对总理农工政策乃至三大政策的人，却不必也登上演讲台，做出猫儿哭老鼠的假惺惺。因为你们现在用了种种阴谋手段，变相言论——藉“阶级斗争与联合战线”问题，分裂革命力量和党的团结，暗地为敌人作内应，妨碍革命，绞杀革命，实与屠杀巴黎市民、北京市民的刽子手没有两样！

我们纪念巴黎和北京的革命同志，同时我们也要打倒那些屠杀同志、破坏革命的刽子手！

原载《黄埔日刊》，1927 年 3 月 18 日